講談社文庫

裂帛《れつぱく》

五坪道場一手指南

牧 秀彦

講談社

目次

裂帛《れっぱく》

五坪道場一手指南

第一話　助太刀仕り候

一

「一っ！　二っ！」

「いち！　にぃ！」

小正月の青空一杯に、元気な声が響き渡る。

数名の少年が手に手に竹刀《しない》を握り、野天《のてん》で素振りに励んでいた。

右足を一歩踏み出すと同時に正面を打ち、後退しながら再び頭上に振りかぶっては打ち下ろす前後素振りだ。

乾いた地面を裸足《はだし》で踏み、前進と後退を繰り返す。

寒風の吹きつける中で、どの子も汗をかきかき頑張っている。

少年たちの先頭に立って手本を示していたのは、まだ年若い武士だった。

「一!!　二!!」

腹の底から絞り出される、重みのある発声である。

その声だけを耳にすれば、むくつけき巨漢のように思われることだろう。

しかし、竹刀を振るっていたのは武骨さとは無縁の好男子であった。

昼下がりの陽光が、端整な横顔を照らし出す。

凜《りん》とした双眸《そうぼう》も涼やかで、まだ二十代も半ばを過ぎたばかりと見受けられる。

やや面長《おもなが》だが顎《あご》の先がまるみを帯びており、整った目鼻立ちをしていても、どことなく愛敬を感じさせる。

四肢が伸びやかで、脚も長い。

腰高の体型でありながら下半身は安定しており、前にのめることはない。それは息を丹田《たんでん》――臍《へそ》の下に溜《た》めるる心持ちとなることで両の肩の力を自然に抜く、剣術修行者の呼吸法が身に付いていることの証左《しょうさ》だった。

栗色《くりいろ》がかった長髪が、ふわりと風に揺れる。

月代《さかやき》を剃《そ》らずに髪を伸ばしているのだ。

着ているのは分厚い刺《さ》し子《こ》の単衣《ひとえ》と綿袴《めんばかま》である。いずれも藍染《あいぞ》めで、稽古着《けいこぎ》らしく丈夫に仕立てられていた。

「一!!　二!!」

少年たちと声を合わせ、若い武士は潑剌《はつらつ》と竹刀を振るう。

左肘《ひじ》がきれいに伸びていた。

竹刀も真剣も振るうときには肘ではなく、肩を支点にするのが正しい。

もしも肘を支点にすれば振り下ろす刀身の描く弧《こ》が小さくなり、届く範囲も自ずと狭まる。それでは対手《あいて》と同時に打ち込んだとしてもこちらの一撃は功を奏さず、みすみす敗れてしまう結果となるだろう。

そう心得た上で左腕を主とし、右腕を従とするのも肝要だった。

柄《つか》から十指を離すことなく握っていても右手は軽く添える程度にとどめ、打つのも突くのもすべて左腕一本の力で為すつもりで刀身を繰り出さなくてはならない。右手は刃筋《はすじ》、つまり刀身の角度を調整することと、勢い余った切っ先が足元にまで達して自傷するのを防ぐためにのみ用いられるのだ。

むろん、何事も言うは易《やす》いが行うのは難《かた》い。

また、何であれ一朝一夕に身に付くものではなかった。

教える立場として、焦ってはならない。

竹刀を続けざまに打ち振るいながらも、若い武士は少年たちが無理なく付いてこられる速さを心がけていた。

それにしても、剣術の稽古をするには些《いささ》か風変わりな場所だった。

「一っ！　二っ！」

「いち！　にぃ！」

素振りに励む一同の向こうには、路地が長々と延びている。

幅一間《いっけん》ばかりの路地の真ん中には排水用のどぶが掘られており、踏み板を兼ねた木《き》蓋《ぶた》が張ってある。狭い路地に面して、煤《すす》けた障子戸が幾つも並んでいた。

長屋である。

細長い平屋を板壁で仕切り、複数の世帯が住むことができるように作られた、町人向けの手頃な賃貸物件だ。

どこの長屋にも共用の井戸と便所、ごみ捨て場が設けられている。

若い武士と幼い弟子たちが竹刀を振るっていたのは路地の一番奥に位置する、井戸端のわずかな空き地だったのだ。

享和《きょうわ》四年（一八〇四）を迎えて半月。

当年の小正月は、陽暦では二月の下旬に当たる。

暦の上で春とはいえ、半纏《はんてん》を羽織るのを忘れて表に出れば肌が粟《あわ》立ってくる時候であった。

ましてて今年は年明けから雨が少ない上に風が連日強く、冷え込みが厳しい。

こうして素振りに励んでいれば自ずと体も温まるが、屋外でじっとしていてはたちまち凍えてしまいそうな日が続いていた。

とはいえ、冷え込んでいて助かる点もなくはない。

井戸端では惣後架《そうこうか》と呼ばれる共用便所はもちろんのこと、生ごみが日々捨てられる芥溜《ごみため》の臭いもきつい。しかし寒空の下ではそれほど臭わず、漂う臭気もごく穏やかなものだった。この空き地を利用して素振りに励む一同にとっては、実に有難《ありがた》いことと言えよう。

「一っ！　二っ！」

「いち！　にぃ！」

寒風に負けじと竹刀を振るう音が、絶えることなく聞こえてくる。

昼下がりの井戸端は空いていた。

長屋の女房連中は、炊事も洗濯も午前《ひるまえ》に済ませてしまうのが常だった。こうして子どもたちに声を張り上げさせていても、ほどいて洗った着物の張り板を蹴倒して汚したりしない限りは文句をつけられる恐れもない。

それに同じ長屋に住まう者は皆、若い武士が近所の子ども相手の剣術指南を生業《なりわい》とすることをかねてより了解してくれていた。

「一!! 二!!」

気合いの声も凛々《りり》しく、武士は潑剌と竹刀を振るう。

その名は日比野左内《ひびのさない》。

ここ向柳原《むこうやなぎはら》の裏店《うらだな》に越してきてもうすぐ一年になる、若き道場主だった。

二

神田川《かんだがわ》の河口に近い、ちょうど大川《おおかわ》と合流する辺りの土手を柳原と呼ぶ。その柳原の対岸一帯が向柳原だ。

日比野左内が住む長屋は、この向柳原の町人地の一角にある。

芸者置屋が多く集まる柳橋にも近い場所だが、路地裏ともなれば表通りの喧噪《けんそう》とは程遠く、実に静かなものだった。

江戸市中の貸家は、表店《おもてだな》と裏店の二種類に大別される。

表通りの物件は表店と称され、大手の商家が軒を連ねている。

そして表通りから一本裏通りに入ったところにある、この長屋のような物件は裏店と呼ばれていた。住む者は棒手振《ぼてふ》りと称する行商の青物売りや魚屋、日傭取《ひようと》りの人足や駕籠《かご》かきといった人々が主であった。

どの家の亭主も日中は稼ぎに出ており、女房たちは午前のうちに炊事洗濯を終えた後は屋内で繕《つくろ》い物などに励んでいる。

昼下がりの井戸端での稽古を邪魔する者は、誰《だれ》もいない。

少年剣士たちは集中して素振りに取り組んでいた。

「一!!　二!!」

凜とした声で号令をかけながら、左内はびゅっ、びゅっと竹刀を繰り出す。

少年剣士に正確な竹刀さばきを覚えてもらうことは難しく、とりわけ前後素振りは慎重を要する。まだ剣術を学び始めて間もない子どもは前進と後退を繰り返しながら竹刀を振るっているうちに足を地に着けていられなくなり、ぴょんぴょん跳ね始めてしまうからだ。

それでも筋力と持久力は自ずと培《つちか》われることだろうが、基本の運足《うんそく》を疎《おろそ》かなままにさせていては、剣術の正しい体《たい》さばきなど身に付かない。

日《ひ》の本《もと》の剣術は、室町《むろまち》の世から戦国乱世にかけて剣聖《けんせい》と呼ばれた偉人たちによって体系化され、連綿《れんめん》と受け継がれてきた。

この太平の世では実戦に用いることなどは無きに等しい剣術だが、かと言っていい加減に学び、学ばせて良いわけではない。

先人の技を次代に受け継ぐ子どもたちに指南する大切さを、日比野左内という若者は十分に承知していた。

「あと百本！　しっかり振るんだ！」

注意するときも不必要に煽《あお》ったり、声を荒らげたりはしない。

いたずらに恐怖を与えれば、教わる立場の者は萎縮する。

とりわけ子どもは叱《しか》られないようにしようと焦《あせ》れば焦るほど動きが崩れるし、疲労困憊《こんぱい》するばかりか身体四肢への過度な負担も強《し》いてしまう。

幼いうちに体を悪くするほどの稽古をさせては、元も子もあるまい。

指南に熱中したのが仇《あだ》になり、健《すこ》やかに育ってもらいたい子どもの成長をむやみに妨げてしまってはいけないと左内は心得ていた。

自ら先頭に立って正確な竹刀さばきと体さばきの手本を示し、皆に実践させようと努《つと》めているのも古伝《こでん》の剣術の形を守ることへのこだわりだけが理由ではない。

幼い門弟たちが誤った動きを癖にして、足腰を痛めてしまうことがないように気を遣《つか》っていればこそなのだ。

どの流派の技も実戦に則《そく》し、五体を自然に動かすことが基本になっている。その形を正しく会得すれば、結果として体にも無理な負担がかからないはずだった。

左内の動きを真似《まね》ようと、少年剣士たちは一心に取り組んでいる。

中には武家の子弟らしい前髪立ちの少年も混じっていたが、周りから特別扱いなどされてはいない。道着も同じようなもので、着古した浴衣《ゆかた》を仕立て直したらしい刺し子の単衣を着け、洗い晒《ざら》した綿袴を穿《は》いていた。

剣術の稽古を始めても良い齢に達したばかりと思しき幼子《おさなご》がいれば、もうすぐ元服らしい育ち盛りの若武者もいる。

六歳から十三、四歳までと齢はばらばらだが、どの子も皆、見るからにきかん坊といった面構《つらがま》えをしているのは変わらない。

両の頰《ほお》を真っ赤にしながら声を張り上げ、一太刀《ひとたち》ごとに気合いを込めて竹刀を打ち振るっていた。

「いち……にぃ……」

「一っ！　二っ!!」

小さな子がへたばりかけてくると、年嵩《としかさ》の子はすかさず声を高くして励ます。煽るのではなく、あくまで元気づけるのを心がけていた。年少の者を教え導くのも自身の修行につながると、左内が日頃から説《と》いていればこそのことであった。

寒空の下で素振りは続く。

休まずに半刻《はんとき》も励めば、数えるまでもなく千本には達する。

「これまでっ」

頃や良しと見て、左内は皆に竹刀を納めさせた。

「ありがとうございました!!」

元気よく礼を終えるや、少年剣士の一団は長屋の路地に駆け入っていく。

向かった先は左内が住まいとは別に、道場として借りている一棟だった。

腰高障子を開けると、上がり框《かまち》に雑巾《ぞうきん》が用意されていた。

子どもたちは順序よく、汚れた足の裏を拭《ぬぐ》っていく。

雑巾が泥だらけになったのに気付いた者は傍らの盥《たらい》で手早く洗って絞り、次の者のために拡げてやっていた。

入れ替わりに、別の子どもが表へ出てきた。

頭数は五、六名。入ってきた組と同じぐらいの数だった。

出る者も入る者も上がり框のところで立ち止まり、屋内へ向かって一礼する。

これは道場に出入りする際の礼儀作法である。

子どもたちは互いにすれ違うときにも黙礼を交わし合い、礼を尽くすことを怠《おこた》りはしなかった。

長屋の一棟を改装したものとはいえ、神聖な道場であることに変わりはない。

稽古の場に対してはもちろんのこと、同門の者に礼儀を欠かさぬことも剣術修行においては大切であると、左内は常日頃から皆に教えていた。

表へ出た一群は路地を抜け、井戸端で待つ左内の許へと駆けていく。

「おねがいします、せんせいっ！」

「よし」

一斉に頭を下げる弟子たちに応じて、左内はにっこりと微笑《ほほえ》む。

どの子も面を外しただけで、胴と小手は着けたままである。今まで道場内で稽古をしていた子たちが、これから井戸端で素振りに取り組むのだ。

左内が交代制を敷いているのには、よんどころない理由があった。総勢で十名余りの門弟が、同じ場所で揃《そろ》って竹刀を振るうことは無理だからである。

何しろ、狭い道場だった。

道場の広さは土間を含めて五坪、わずか十畳しかない。

これでも裏店としては広いほうだろう。

床は家主の許しを得た上で畳をすべて外し、総板張りに改装されている。上座には小さいながらも神棚があり、日の本の剣術の聖地とされる香取《かとり》・鹿島《かしま》両神宮の御札が納められていた。

鴨居《かもい》には門弟の頭数に合わせて防具掛けが設けられ、名札も掲げられていた。

外から見ればたかだか五坪の古びた長屋であっても、こうして一歩中に入れば道場らしい体裁が整っているのである。

少年たちは整然と列を作り、鴨居の出っ張りに掛けられた自分の防具を取る。

まず胴を着け、頭に手ぬぐいを巻いた上から面を被る。

最後に小手を嵌《は》め、竹刀を右脇《わき》に提《さ》げ持つと神棚に向かって礼をする。

これから掛かり稽古を始めるのだ。

一対一で竹刀を交える掛かり稽古では打ち込みながら発声を絶やさず、常に対手を圧倒する気構えを示すことが重要とされている。

がむしゃらに、大声を上げれば良いわけではない。

互いに視線を逸《そ》らすことなく腹の底から声を発し、気迫と気迫でぶつかるのだ。

めいめいに対手を決めて、少年たちは向き合った。

作法通りに蹲踞《そんきょ》して、竹刀の先を軽く交えた上で再び腰を上げる。

間合いを取り、相互に技を尽くして打ち合うのだ。

「えい！」

「やぁ！」

五坪の空間が、気合いの発声と竹刀の響きに満ちていく。

床板はよく弾む。継ぎ目のない、一枚板を用いていればこその効果だった。

この長屋に道場を構えるのに際し、日比野左内は床に最も金をかけた。

子どもの足腰を傷めぬように作られた道場は、防音と震動への対策も完璧《かんぺき》である。

左内は床板を張るとき縁の下に溝《みぞ》を掘ってもらい、たわんだ板の反響が吸収される工夫を施していた。

そういった配慮のおかげで少年たちは隣近所にも迷惑をかけることなく、思いきり掛かり稽古に取り組むことができるのだ。

元気に通ってくる少年剣士たちで、日比野道場は連日満員だった。

江戸には他に幾百もの町道場があり、さまざまな流派の剣を学ぶことができる。

しかし武術の修行は剣術に限らず、少なからぬ費用が必要である。どこの道場でも入門するときの束脩《そくしゅう》（入門料）は現金ではなく、扇子《せんす》や筆硯《ひっけん》などの贈答品を持参するしきたりになっていたが、毎日通って教えを乞《こ》うのに謝礼を一文も包まずに済ませるわけにはいくまい。

それに、修行が進めば進むほどに金がかかる仕組みにもなっていた。

後世のように流派の垣根《かきね》を越えた団体が定期審査を行い、合格者に段位を発給するという仕組みがまだ整っていなかった時代には、流派ごとに門弟へ切紙《きりがみ》、目録《もくろく》、免許《めんきょ》といった伝書《でんしょ》が授けられた。

もちろん技倆《ぎりょう》が相応の段階に達した上でのことなのだが、伝書が授与されるときは茶道や華道の場合と同様に、然《しか》るべき金子《きんす》を宗家に納めなくてはならない。かくして免許を得たことのお披露目《ひろめ》をするために師匠と同門の者たちを招いて一席設け、ご馳《ち》走《そう》を振る舞うしきたりもあったため、費えが多くて仕様がない。

その点、日比野道場は金がかからぬ稽古場であった。

謝礼は志《こころざし》で結構とされており、強いて払わされたりはしない。

免許を授かるのを目的とせず、毎日足を運んできて稽古ができるだけで満足な町家の子どもたちにとっては有難いこと、この上なかった。

直参《じきさん》の旗本・御家人《ごけにん》の子弟にしても、誰もが免許が欲しいわけではない。

家の跡継ぎである長男は名の知れた流派を修めれば幕臣としての権威を高めることにもつながったが、部屋住みと呼ばれる二・三男は何の期待もされてはおらず、剣術にも学問にも碌《ろく》に金をかけてはもらえない。

それでも剣術修行を志し、良き師の許で学びたいと願う少年たちにとって、少ない謝礼で通うことのできる日比野道場は実に得難い場なのだ。

習い始めの幼子には、竹刀の握り方からていねいに手ほどきをしてくれる。

他の道場での修行を断念してしまった者が入門してきても、中途半端に剣術をかじったことで身に付《いと》いた竹刀さばきと足さばきの悪い癖が完全に抜けるまで、辛抱強く稽古を付ける労を厭わない。

それでいて費用も格安となれば、道場を開いて半年を経ずして十名を超える門弟が集まってきたのも頷《うなず》けることと言えよう。

一人一人から受け取る額は微々たるものであっても男独りで暮らしていくのには事足りているらしく、取り立てて手許不如意《ふにょい》な様子も見受けられなかった。

もとより、日比野左内に妻子はいない。

独り身でこの向柳原の長屋に居着き、五坪の道場を構えてからもうすぐ一年目の春を迎えようとしていた。

三

神田川に陽光が煌《きら》めく。

すでに陽は西に傾きつつあった。

剣術の稽古はどこの道場でも早朝から正午までぶっ通しで行われるが、日比野道場では午後から始めるのが常だった。

開始が遅いぶんだけ、密度は濃い。日が暮れるまでの一刻きっかりと左内が定めた稽古時間のうち半分は素振り、もう半分は掛かり稽古に充《あ》てられている。

短いと思われるかもしれないが、稽古の場所と時間が制限されていることは自ずと門弟たちの集中力を高める。素振りにも掛かり稽古にも一人として手を抜かず、真剣に取り組んでいた。

それぞれ半刻ずつでも、集中して取り組めば効果は高い。

左内は井戸端で素振り組の面倒を見ながら道場の中にも足を運んでいたが、怠ける者など誰もいない。

習い始めの幼子は誰であれ、入門したての頃こそ互いにふざけ合ったりしているが、先輩たちの態度を見ているうちに影響されるらしく、左内が注意を与えるまでもなく集中することを覚えていく。

そのような環境が自然に出来上がってきたのも、師匠である左内が決して怒鳴りも無理強いもせず、常に笑顔で皆に接していればこそのことだった。

今日の稽古も滞《とどこお》りなく進み、そろそろ終《しま》いの刻が近付いていた。

日が暮れると稼ぎに出ていた亭主連中が帰ってきて、長屋の女房たちは夕餉《ゆうげ》の支度《したく》を始める。路地に七輪《しちりん》を持ち出し、干物なども焼かなくてはならない。

その邪魔にならぬようにいち早く稽古を終え、速やかに門弟一同を解散させることを左内は常々心がけていた。

「よし！　本日はこれまでっ」

素振りの手を止めた左内は、皆にも竹刀を納めさせた。

井戸端から道場へ向かう師匠に、素振り組の少年たちは遅れずに付いていく。

道場内の掛かり稽古組は師匠が姿を見せたのに気付くや速やかに竹刀を納め、さっと横一線に並んで面を外す。

左内に付いてきた素振り組も、遅れることなく後に続く。最後に道場へ入ってきた者は上がり框の雑巾を片付けて、入口の腰高障子を閉めることを忘れなかった。

わずか五坪の空間に十余名が座るとなれば、列を分ける必要がある。

掛かり稽古組は前列、後から入ってきた素振り組は後列となって順序よく腰を下ろしていく。

席次は長幼の序ではなく、入門の早い順と決められている。

竹刀を右脇に置き、二列になった少年剣士は正面を向いた。

左内は上座に膝を揃え、皆が整列し終わるのを穏やかな面持ちで待っていた。

「黙想！」

前列の一番上手《かみて》に座した者が号令するや、少年剣士たちは一斉に半眼《はんがん》となる。

しばし目を薄く閉じ、今日の稽古について自省するのだ。座禅《ざぜん》のように時をかけるわけではないが、稽古の締めくくりには欠かせぬことである。

五坪の道場に静寂が満ちていく。

上座の左内も双眸を瞑《つむ》り、黙然と息を継いでいた。

竹刀を振るっているときと同様、両の肩の力がきれいに抜けている。

参禅の心得を感じさせる、泰然自若とした姿勢だった。

と、腰高障子がおもむろに開かれた。

笠《かさ》を被《かぶ》ったまま入ってきたのは、この長屋の住人ではない。

界隈《かいわい》ではついぞ見かけぬ、旅姿の武士だった。

無精髭《ぶしょうひげ》の目立つ、痩《や》せた男である。

左内よりも幾つか年嵩のようだが、何とも尾羽打ち枯《おはうちか》らした風体《ふうてい》をしていた。

浪人でない証拠に大小の二刀を閂《かんぬき》（水平）に帯び、袴も穿いてはいるものの、全身が埃《ほこり》だらけになっている。古びた菅笠《すげがさ》と打裂羽織《ぶつさきばおり》も、旅塵《りょじん》にまみれていた。

よほど長い間、道中を続けてきた身なのだろう。

「……そのまま」

目を開けかけた弟子たちに一声《ひとこえ》告げると、左内は入口へ向き直る。

「何か御用ですか」

立腹している様子はない。

問いかける口調も、あくまで静かなものだった。

案内《あない》も乞わずに入ってきたことを、もとより咎《とが》めてはいないのだ。

稽古の最中ならば発声と竹刀の響きで自ずと気付いてもくれようが、静まり返った裏長屋の一棟がまさか剣術の道場だとは思いもよらず、何事か用があって訪ねてきたのであろう――そう判じた様子で、左内は声を荒らげもしなかった。

しかし、対する武士は違っていた。

「師範代如きでは話にならぬ。道場主を出せぃ」

狷介《けんかい》な口調だった。

貧《ひん》すれば鈍《どん》すると言う通り、態度は不作法そのものだった。

居丈高《いたけだか》に腕を組み、笠の下から左内を睨《ね》め付けている。

剣術修行者に限らず、人と接するには非礼に過ぎる態度であろう。

それでも左内は怒りはしなかった。

凛とした両の瞳を向けながら、臆《おく》することなく答える。

「お尋ねの道場主は拙者《せっしゃ》にございます」

「されば、おぬしが……」

「日比野左内と申します」

「ふん」

武士は小馬鹿にした様子でつぶやくや、値踏みするように左内を見返す。

告げてきたのは、またしても狷介きわまりない一言であった。

「そなたが如き若造では些《いささ》か物足りぬが、ひとつ手合わせを願いたい」

「………」

無言のまま、左内は武士と視線を合わせている。

後方に居並ぶ子どもたちは、息を呑《の》んで成り行きを見守るばかりだった。

黙想を続けるどころではなくなっていた。

不作法な旅の武士が乗り込んでくるなり、道場破りを挑んできたのだ。

しかも、尋常の立ち合いではない。

「撃剣《げっけん》でお茶を濁そうとして貰《もろ》うては困る。木刀にて、立ち合《お》うていただこう」

武士が所望してきたのは、真剣勝負に等しい試合だったのだ。

「よろしいでしょう」

即答する左内の口調は、落ち着いたものだった。


面、小手、胴といった防具を着用して竹刀で打ち合う撃剣は享和四年現在、剣術の稽古法の主流となって久しい。かつて邪道と誹《そし》られていたのが嘘《うそ》のように、ほとんどの道場では防具を着けて竹刀で打ち合う撃剣を教えている。昔ながらに木刀を交える組太刀《くみだち》を稽古の主体とする道場のほうが、むしろ少数派になっていた。

安全性を考えれば、それは必然の流れだったと言えよう。

かつては稽古も試合も木刀を用いるのが当たり前であり、受け損ねれば怪我《けが》をするばかりか一命にも関わるため、日々の稽古も命懸けだったという。

剣術修行者の誰もが寸止《すんど》めしたり、手加減して軽く当てるにとどめることができたわけではない。

未熟な者同士で木刀を交えれば、重傷を負うのは目に見えている。

事実、直心影流《じきしんかげりゅう》を創始した山田平左衛門光徳《やまだへいざえもんみつのり》は若年の頃、木刀にて立ち合った対手ともども大怪我をしたために永らく剣術から遠ざかっていたほどである。

その光徳を宗家とする新興流派の直心影流が竹刀と防具を取り入れた当初には軟弱であるとして激しい非難を浴びたものだったが、戦国乱世から続く一刀流系の名門である中西《なかにし》派一刀流に初心者向けの稽古法として撃剣が導入されるに及び、他流派にも次第に防具が普及し始めた。

素面素小手《すめんすごて》で立ち合えば、たとえ竹刀でも怪我をすることは避けられない。しかし防具を着けてさえいれば、臆せずにぶつかり合うことが可能となる。怯《おび》えながら木刀を交えるよりも、間合いを体で覚えるには有効と言えるだろう。それに違う流派の者同士では太刀筋が読めないために、木刀で試合をすれば致命傷を負う危険性も自ずと高くなるが、防具を着けて竹刀で打ち合うのならば大事はない。

日比野左内が稽古も試合も木刀を基本とする流派の出でありながら、敢《あ》えて竹刀と防具を取り入れているのも、子ども相手の道場を営む身であればこそなのだ。

己《おのれ》の剣は己の剣。

しかし、幼き者たちに強いてはなるまい。

怪我を負うことなく、まして命を落とすような羽目に陥らぬように心と体を鍛える手助けをしてやりたい。かかる信念の下に剣術指南を生業とする左内に対し、不作法に乗り込んできた武士は木刀で立ち合えと言ってきたのだ。

道場主としての主義に反すると主張し、拒絶することも可能なはずだった。にも拘《かか》わらず、左内は動じることなく対手の条件を呑んだのだ。

「どうぞ」

手ずから持ってきた木刀は、二振りとも柄が黒ずんでいる。ふだんから手慣らしていることの証《あかし》であった。

「良い度胸だ」

差し出された一振りを受け取り、武士は不敵な笑みを浮かべる。

「沢渡文弥《さわたりふみや》と申す。遠慮のう打ちかからせてもらうぞ」

どこまでも人を食った態度だった。

幼い弟子の面々は邪魔にならぬよう道場の片隅に固まり、肩をくっつけ合うようにして座っている。

「お師匠様……」

「せんせい、だいじょうぶなの?」

「大事ないよ」

案じ顔で問いかけてくる少年たちに、左内は微笑みかけた。

「良き折ゆえ、しかと見取《みと》りをしなさい」

武術修行者が試合や演武を見学することを、見取り稽古と呼ぶ。

漫然と眺めるのではなく我が身と照らし合わせて他者の良い点を学び取り、悪い点を反面教師とする心がけが大切とされている。

左内は道場破りとの立ち合いをも、弟子の上達に供するつもりなのだ。

「構わぬのか?」

沢渡文弥と名乗った武士はすでに支度を終え、ふてぶてしく道場に立っていた。

支度といっても襷《たすき》を掛け、鉢巻きをするだけのことである。

月代《さかやき》は一応剃ってあったが、前頭部には無精髭ならぬ無精髪がところどころ目立っている。髪結床《かみゆいどこ》に立ち寄る銭にも事欠き、自らの手で剃刀《かみそり》をあてているものと見受けられた。

なぜ江戸へ出てきたのかは定かでないが、よほど懐中が乏《とぼ》しいのだろう。道場破りを仕掛けてきたのも、もとより金目当てに違いない。

案の定、上座に立った左内を睨め付けながら文弥は問うてきた。

「儂《わし》が勝てば、看板を貰い受けたいのだが……」

「お察しの通り、木戸の表札しかございません」

「であろうな。されば、何をくれる？」

勿体《もったい》ぶった物言いだった。

長屋の路地の入口には、木戸が設けられている。その木戸の屋根下には住人の名と生業を記した表札が並んで掛けてあり、どのような者が住んでいるのか一目で分かるようになっていた。この男が日比野左内の姓名をあらかじめ承知していたのも、路地に入ってくるときに確かめたからなのだ。

しかし、まさか自分より年下の若者が道場主とは思ってもいなかったらしい。先程から居丈高な言動を繰り返しているのも、左内を舐《な》めていればこそなのだろう。

むろん、勝ちを収めた上で表札など持ち帰っても意味はない。その代わりに金品を所望するのが、道場破りたちの真の狙《ねら》いなのである。

沢渡文弥も金目当てで、かかる所業に及んだ者と見受けられた。

貧すれば鈍するの譬《たと》え通り、困窮した末のことなればこそ振る舞いも卑《いや》しく、尊大な言葉ばかりが口を突いて出ているに違いあるまい。

それでも、対する左内の態度は変わらない。

向けた瞳も、凛とした輝きを失ってはいなかった。

「草鞋銭《わらじせん》にと申すは失礼ですが、拙者の持ち合わせを余さず進呈いたしましょう」

「二言《にごん》はあるまいな？」

勢い込んで、文弥は念を押してくる。

「お手柔らかに願い上げます」

生真面目《きまじめ》な口調で一言告げるや、左内はくるりと背を向けた。

「む……」

文弥が低く呻《うめ》いた。

無防備に振る舞っているようでいながら、左内に隙《すき》が無いことに気付いたのだ。

左手に提げ持った木刀は、刀身がほぼ水平になっていた。

これが切っ先をだらしなく下げているようであれば、まず隙だらけと言えよう。

だが、左内は木刀に絡めた小指と薬指をきちんと締めている。もしも文弥が不意を突こうとすれば即座に起動し、応戦できる態度を示していた。

止《や》めておくならば、今のうちなのかもしれない。
だが、文弥は唇を嚙《か》み締めたままでいる。
後に引くに引けない、そんな切実な事情を抱えているかのようだった。
文弥が黙り込んだのをよそに、左内は恭《うやうや》しく神前に一礼する。
たとえ自分の道場であっても、礼を欠かしてはならないと心得ているのだ。
「されば、参りましょうか」
礼を終えた左内は文弥に向き直り、控え目な口調で促す。
「う、うむ」
気を取り直した様子で、文弥も神前に礼をした。
相互に礼を交わし、すっと木刀を構える。
取った構えは、共に中段だった。
「む……」
文弥の横顔を、たちまち脂汗《あぶらあせ》が伝い流れ始めた。
木刀が盛んに上下している。
一見すると同じ構えでも、錬度の差は歴然としていた。
左内の剣尖《けんせん》は微動だにせず、対する文弥の喉元《のどもと》にぴたりと向けられている。

足さばきを以《もっ》て間合いを詰めれば、そのまま喉を突くことのできる体勢である。むろん、そうはさせじと迎え撃つわけだが、左内と文弥では剣尖に込められた気迫が違いすぎた。

目付にしても同様だった。

左内は双眸を凜と見開き、文弥と合わせた視線を逸らさない。

剣術の要諦《ようてい》は一眼二足《いちがんにそく》と説かれる通り、第一に目の動き、第二に足さばきが重要とされている。まずは目と目を合わせ、対手を気迫で制していくのだ。

この視殺戦の段階で気圧《けお》されてしまっていては、勝機を摑《つか》むのは難しい。

「うう……」

文弥は木刀のみならず、両の膝まで震わせ始めていた。

左内を子ども相手の道場主と侮《あなど》り、草鞋銭をせしめようとした目論見《もくろみ》が無謀だったことに、今頃になって気付いたのだ。

達人は、名だたる道場にばかりいるわけではない。まさか市井《しせい》の片隅にかかる手練《てだれ》が潜んでいようとは、文弥も思っていなかったのだろう。

今や、蛇《へび》に睨まれた蛙《かえる》に等しい有り様である。

じりっと一歩、左内が踏み出した。

上体は小揺るぎもしていない。

前に出した右足ではなく後ろの左足に重心を載せ、肩ではなく腰から先に進み出ていく剣術修行者の運足《うんそく》が自然に身に付いていればこその所作だった。

「ま、待て……」

堪《たま》らずに文弥が声を上げかけた刹那《せつな》、風を巻いて左内が突進した。

いつの間に振りかぶったのか、居合わせた誰の目にも止まらなかった。二尺三寸の刀身が五体の一部と化したかに思える、流れるような動きであった。

間合いが詰まるや、木刀が唸《うな》りを上げる。

低く、重たい音が響く。

「ひっ!?」

続いて聞こえてきたのは断末魔の呻きではなく、凍りついた悲鳴だった。

大きく弧を描いて振り下ろされた木刀は、文弥の頭上すれすれのところで止まっていたのである。

「一本」

宣する左内に勝ち誇った様子はない。

木刀を打ち込んだときと同様に、力量の差を淡々と示したのみであった。

文弥は、がっくりとへたり込む。

門弟の少年たちも絶句していた。

熟練した者の技倆を以てすれば、木刀は真剣にも等しい威力を発揮するという。

もしも左内が寸止めにしなければ文弥は真っ向を打たれ、そのまま悶絶《もんぜつ》して果ててしまったに違いない。

よほど木刀での組太刀に熟達していなければ為し得ない、紙一重の寸止めだった。

「大事ありませぬか？」

文弥を助け起こす左内の口調は、いつもの折り目正しいものに戻っていた。

沢渡文弥は無言のまま、悄然《しょうぜん》と道場を後にした。

「みんな、元へ戻りなさい」

茫然《ぼうぜん》としたままの少年たちを促し、日比野左内は上席に着く。何事もなかったかのような、泰然自若の態度だった。

黙想をやり直した一同は、左内に向かって座礼する。

「先生に礼！」

続いて、神棚へと向き直った。

「神前に礼！」

黙想をして心気を整えた上で師匠に、そして神前に頭を下げるのが剣術の稽古場における終礼の儀である。

その上で門弟は一人ずつ師匠の面前に罷《まか》り出て拝礼し、各自の防具を片付けた後に道場の清掃をして退出するのだ。

年嵩の者は桶《おけ》に水を汲《く》み、雑巾をぎゅっと絞る。

それを受け取り、床を拭くのは年少の子どもの役目だ。

道場の端から順に、少年たちは尻《しり》を立てて雑巾がけをしていく。

忙しく行き交う小さな影が、路地に面した無双窓《むそうまど》から差し込む西日に浮かび上がる。もうすぐ日が暮れようとしていた。

どの子も皆、手を抜かずに掃除に励んでいる。腹が空いてきて早く帰りたいというのもあるのだろうが、稽古の場への感謝の念を込めて清掃することも修行のひとつと常々教えられていればこそのことだった。

かく言う左内も、門弟たちばかり働かせているわけではない。

乾いた手ぬぐいを取り、先程の立ち合いに用いた木刀を拭いていた。

たとえ自分の道場の備品であっても粗略には扱わず、本身《ほんみ》を懐紙《かいし》で手入れする場合と同様に革製の鍔元《つばもと》から剣尖にかけて、ていねいに拭き上げていく。

表情は柔和《にゅうわ》そのものである。

電光の一撃を以て無礼な道場破りを制したときとは、まるで別人だった。

「すごいなぁ、せんせいは……」

その姿を横目に、一人の少年がつぶやく。

「当たり前さ」

汚れた雑巾を受け取りながら、年嵩の少年が誇らしげにうそぶく。

「何しろ、俺らのお師匠様は『のさない先生』なんだからなぁ」

木刀での立ち合いを目の当《ま》たりにしたのは初めてだったが、道場破りが乗り込んできたのは今日に始まったことではない。

日比野左内は、当年二十七歳になる。

いかに手練であろうとも道場を構えるには若輩であり、快く思わずに難癖を付けてくる者は後を絶たなかった。

だが、腕に覚えのある道場破りが幾人やって来ても無駄だった。

世に聞こえた名門道場の剣客《けんかく》が挑んできたことも一度ならずあったが、左内は軽快な足さばきと竹刀さばきでまったく寄せ付けず、自分が打たれぬ代わりに叩《たた》きのめしもしない。いつも挑んできた者が疲労困憊するまで受けに廻《まわ》り、降参してくれるのを辛抱強く待つのを旨《むね》としていた。

今日のように自分から打ち込んで速攻で決着を付けたのは、実に珍しい。

当の門弟たちは知らないことであるが、稽古で流した汗をそのままにさせておいて皆に風邪を引かせてはなるまいと思えばこそだった。

そんな左内を、皆は『のさない先生』と呼ぶ。

日々伸《の》さない――弟子であれ道場破りであれ、決して打ち倒さないことから付いた愛称であった。

親しみと畏敬《いけい》の念が込められた愛称を、果たして当人が気に入っているのかどうかは定かでない。しかし、誰からそう呼ばれても嫌な顔ひとつせず、明るい笑みを返して寄越《よこ》すのが常だった。

「失礼します」

「さよなら、せんせい！」

掃除を終え、着替えを済ませた門弟たちは三々五々家路に就く。

「うむ。また明日な……」

左内は一人一人に微笑み返す。

室町の世に端を発する古流の剣を修めた手練とは思えぬ、柔らかな物腰だった。

四

夕陽の差す神田川から、幾艘《いくそう》もの船が出て行く。

江戸には大小の川が流れている。

利根《とね》川、荒《あら》川、中《なか》川に隅田《すみだ》川。

隅田川は吾妻《あづま》橋より下流になると、大川と呼ばれる。

いわゆる大川端とは両国《りょうごく》から霊巌島《れいがんじま》までの河岸《かし》を指すが、このあたりは大型の船の航行が禁じられていたこともあり、いつも川船が行き交っていた。

船は物見遊山《ものみゆさん》のためばかりでなく移動の足として重宝されており、電車も自動車も存在しなかった当時は日々欠かせない交通手段だった。

陸路と違って、川は混雑することがない。

堀から堀へ移動することもできるし、すべて大川につながっている。

市中を縦横に巡る堀が道路だとすれば、江戸を南北に貫く大川は渋滞とは無縁の高速道と言っていい。ちょいと一艘仕立てれば、どこへでも行くことができるのだ。

形が猪《いのしし》の牙《きば》に似ているため『猪牙《ちょき》』と呼ばれる小型船は、あちこちの堀端にある船宿に立ち寄れば手軽に利用することが可能だった。船賃は同じ距離で辻《つじ》駕籠の半分もかからず、不当な割り増しをせびられる恐れもない。遊所への往来、とりわけ吉原《よしわら》へ繰り込むとなれば、遊び慣れている者ほど駕籠よりも船を選ぶ。

乗りつけないと酔ってしまうのは駕籠でも船でも同じことだが、猪牙は速い代わりに揺れが大きい。大店《おおだな》の若旦那《わかだんな》は船酔いをしないと言われるのも、吉原通いで猪牙に慣れ親しんでいたからであった。

日暮れと共に神田川から大川へ乗り出すのは、何も遊客ばかりとは限らない。客をもてなす側の芸者も、移動には猪牙を用いるのが常だった。

神田川の河口に近い柳橋には、芸者置屋が集まっている。

どこの置屋にも掛かり付けの船頭がおり、お座敷のかかった料亭へ芸者を送り出す役目を引き受けてくれていた。

昨今は深川《ふかがわ》の辰巳《たつみ》芸者も人気を集めているが、柳橋を贔屓《ひいき》にする客はやはり多いと見えて、ひとたび日が暮れれば船頭たちは忙しい。

今宵もまた、艶《あで》やかに着飾った姐《ねえ》さんたちが船着き場へ向かって歩いてゆく。

そんな華やかな雰囲気も、裏通りに住む人々にとっては縁遠いものであった。

日比野左内はいつも夕方に飯を炊く。

江戸では朝に炊飯するのが常識とされていたが、午前のうちに自身のための稽古をこなし、午後から門弟の少年たちを指南しなくてはならない身としては、できるだけ手間を省いておきたい。

道場の戸締まりを終えて住まいにしている棟へ引き上げると、まずは台所の米櫃《こめびつ》の蓋を開けるのが左内の日々の習慣だった。

ざっと三合を笊《ざる》に取って研《と》ぎ、釜《かま》に移して水を張る。二合を夕餉に平らげ、残りの一合は明くる朝、葱《ねぎ》を刻《きざ》み込んだ味噌《みそ》雑炊《ぞうすい》に仕立てて掻き込むのである。

米が十分に水を吸ってくれるのを待つ間に着替えをし、洗濯も済ませておく。

土間に立つと甕《かめ》の水を盥に汲み、下帯も外して素裸になる。

寒い最中《さなか》でも、湯は用いない。

絞った手ぬぐいで全身を拭き、上がり框に用意しておいた着替えを取る。

帰宅したらすぐ体を拭いて着替えることができるように、下着一式を乱れ箱にまとめておくことを左内は心がけていた。

どれも洗い晒してはいるが、繕《つくろ》いが行き届いていて綻《ほころ》びひとつ見当たらない。

まずは六尺褌《ふんどし》を着け、腰丈《こしたけ》の半襦袢《はんじゅばん》に袖《そで》を通す。上に重ねた長襦袢は紺《こん》の木綿地に襟《えり》を掛けた簡素なものだった。

袷《あわせ》の長着《ながぎ》だけは、部屋の衣桁《いこう》に掛けてある。

部屋といっても四畳半の一間きりだ。

広さはせいぜい、道場として借りている棟の半分弱といったところだろう。

衣桁の他に家具らしいものといえば手あぶりの火鉢《ひばち》と行灯《あんどん》、寝るときに点《とも》しておく簡易照明の瓦灯《かとう》、そして刀架《とうか》と文机《ふづくえ》だけだった。

しかし、よくよく見れば手回りの品は結構なものばかりであった。

文机に置かれた筆硯《ひっけん》も手文庫も、良家の子弟が持っていそうな代物揃いだ。

刀架の大小も並ではない。

大刀は定寸と見受けられたが、小刀はやや短かった。

幕臣と藩士の別を問わず、城勤めの武士が帯びる大小の標準として徳川幕府が制定した刀身の長さは大刀が二尺二寸から三寸、小刀は一尺六寸から七寸だった。

鞘《さや》の長さから察するに左内の大刀は二尺三寸物らしかったが、小刀は六寸弱の柄を除けば、刀身はせいぜい一尺二寸である。

定寸の小刀よりも四寸――およそ一二センチも短い。

脇差《わきざし》は武士が屋内でも常に帯前《おびまえ》に差しておく、一種の身分標章であると同時に危急の折には主君を、さらには我が身を護《まも》るための最後の武器となる。

むろん、真剣勝負で大刀を打ち折られたときにも頼らなくてはならない。二刀流の遣い手ならずとも、疎《おろそ》かにはできない備えであった。

その脇差が戦国の遺風を廃し、すべての武士に実戦仕様の刀を持つことを制限した定寸よりもさらに短いというのは、小なりとはいえ道場主を営み、剣術を生業とする身にしては頷けないことだった。

中身はともかく、拵《こしら》えは相当に贅《ぜい》を尽くしたものである。

鞘は太めで黒漆《くろうるし》塗り、鍔は越前記内《えちぜんきない》の飛龍透《ひりゆうすか》し。

柄には黒の木綿糸を菱《ひし》が大きく見えるように巻き、菱巻の下にある最上等の鮫革《さめがわ》が目立つように仕立てられている。

衣桁に掛けられた袷も、小さな道場主の着衣らしからぬ逸品《いつぴん》だった。

部屋に上がった左内は、隅に置いた衣桁へ歩み寄る。

夕陽の下に張りのある、艶《つや》を抑えた黒染《くろぞ》めの生地が浮かび上がった。

加賀憲法《かがけんぼう》染――加賀《かが》百万石・前田《まえだ》家の藩領内で名産の加賀絹を京の都より伝来した憲法染という手法で重厚に染め上げた逸品である。

地元の加賀藩でも、よほど富裕な家の子息でなければ着用できないことだろう。高価な一着を左内はさらりと着流しにし、白地の博多《はかた》帯を腰高に締める。ありふれた模造品ではなく、本場の献上《けんじょう》博多だった。

どれを取っても、裏店暮らしの身で所持できる品ではなかった。

一年前に道場を構えたときにも少なからぬ金子を所持していた左内だが、こうして身の回りの品々を見るにつけても、とても浪々の身とは思えない。

だが、左内の日常は慎ましいものだった。

脱いだ道着は陰干しにし、除けておいた下帯と手ぬぐいを盥に余した水で洗う。剣術の稽古時は袴の下には何も穿かないのが常だが、左内は褌を締めておかないと落ち着かない質《たち》であった。

なればこそ毎日の行水と洗濯も、こまめにするように心がけているのだ。

土間の甕に汲み置きの水は、ほとんど使い果たした後だった。

それでも味噌汁と食後の白湯《さゆ》に足りるだけの量は残してある。

竈《へっつい》の火を焚《た》き付け、左内は飯を炊き始めた。

並行して、二つべっついの片方で味噌汁を作る。

鉄鍋に湯が沸くのを待って庖丁《ほうちょう》で鰹節《かつおぶし》を削り入れ、出汁《だし》が取れたところに輪切りにした葱を投じる。
薪《まき》を焚き口から引き出して火を落とし、豆味噌を漉《こ》し入れる。
箱膳《はこぜん》を用意している間に、おひつに移した飯は程よく蒸れ上がっていた。
熱々の飯を盛り、根深汁《ねぶかじる》を注ぐ。
菜《さい》は、買い置きの佃煮《つくだに》である。
醤油《しょうゆ》でじっくりと炊き上げた小魚は、江戸湾口に近い佃島の名産だ。
「さて……」
ひとりごちつつ、左内はお膳の前に座る。
と、そのとき。
腰高障子が、からりと開いた。
「あなたは……？」
手にした箸《はし》を止めたまま、左内は驚いた様子で問うた。
土間に立っていたのは先程、道場破りに乗り込んできた沢渡文弥だった。
文弥は困ったような表情を浮かべている。
一人ではない。
後に付いていたのは二十歳《はたち》前と思しき、武家娘だった。

身の丈が高い。

並の背丈の文弥より、優に二寸は上回っているだろう。

古びた袷に道中用の袖合羽《そでがっぱ》を重ねており、草鞋を履いている。

やや面長の顔はよく陽に焼けていたが、両手の甲だけはやけに白い。

それは手甲《てっこう》を着けるのを日常とし、長いこと旅をしてきた証左であった。

いかなる関わりなのか定かでないが、この娘も沢渡文弥と同じく、長い道中の果てに江戸へやって来たのだろう。

きりっと眉《まゆ》が太く、目鼻立ちも凜々しい。

女丈夫《じょじょうふ》と呼ぶにふさわしい外見に違《たが》わず、声も野太かった。

「退《の》いてくだされ、兄上」

「佐知《さち》……」

言い淀《よど》む文弥に、娘はにべもなく告げる。

「兄上では歯も立たぬのでございましょう？　私にお任せをっ」

黙り込んだ文弥を押し退け、眼力強い両の瞳を光らせながら前に出る。

どうやら道場破りの一件を知り、妹が意趣返《いしゅがえ》しにやって来たらしい。それを止めるに止められぬまま、沢渡文弥はここまで引っ張ってこられてしまった——。

おおよその経緯《いきさつ》は、そういうことなのだろう。

立ち合いに敗れた遺恨《いこん》での襲撃は、左内も過去に一度ならず経験していた。

だが、うら若い女人《にょにん》が、それも兄のために妹が乗り込んできたというのは初めてのことである。大した男勝りと言えよう。

佐知と呼ばれた武家娘は、脇差を引っ提げていた。

柄糸の綻《ほころ》びも目立つ粗末な品だが、手慣らした一振りとすぐに察しがつく。

手の内に合わせて、菱巻が凹《へこ》んでいるからだ。

刀の菱巻は単なる装飾ではなく、柄を握ったときに正確な手指の位置を定めるためのめやすにもなっている。脇差の場合は右手一本で打ち振るうため、縁鉄《ふちがね》のすぐ下の菱巻に親指がくるわけである。

むろん、手にした瞬間に正しく握ることができなくては意味がない。

「わが兄が受けし恥辱を雪《そそ》ぐ！　覚悟せよ！」

怒りを込めて言い放ちつつ土足で踏み込むや、佐知は速やかに柄に手を掛けた。

五指《ごし》の位置をぴたっと定めるや鍔を左親指で押し出し、鯉口《こいぐち》を切る。

流れるように速やかな所作を一目見れば、兄より格段に腕が立つと察しも付く。

しかし、佐知は抜刀することまではできなかった。

「お待ちなさい」

箸を置くと同時に呼びかける左内の声は、落ち着いたものだった。

「も、問答無用！」

負けじと佐知は食ってかかるが、その口調は動揺を帯びている。

左内はただ一声呼びかけただけで、今にも脇差を抜き打たんとした佐知の気を逸《そ》らしたのだ。

何事にも、間《ま》というものがある。

刀を抜き打ちざまに斬る、居合術においても例外ではなかった。

気・剣・体《たい》と言われるように気迫と刀さばき、そして体さばきが連動してこそ十全に威力を発揮し得るのだ。その間を外され、気剣体の一致を崩されてしまっては、たとえ抜き打ってもかわされるのは目に見えている。

対峙《たいじ》した浪人体の若い男——日比野左内が尋常ならざる手合いであると、佐知は察したようだった。

とはいえ、引き下がりはしない。

「兄を愚弄《ぐろう》せし貴公を、こ、このままには捨て置けぬ！」

「さもありましょうが、そう逸《はや》ってはなりませんよ」

「臆したか、うぬっ」

「お手柔らかに願いましょう」

下手《したて》に出ながらも一向に動じず、悠然と背筋を伸ばしたまま立ち上がる。

今にも刃を抜き付けられんとしていながら、見事に平静を保っている。

なればこそ、強気な佐知も付け入る隙を見出《みいだ》せずにいたのだ。

「とまれ、お上がりください」

「む……」

戸惑った様子で呻きつつ、佐知は視線を動かす。

黒目がちの双眸は、部屋の奥に釘《くぎ》付けになっている。

支度の整った箱膳からはほかほかと、飯と汁の湯気が漂ってくる。

小鉢に盛られた佃煮も、美味《うま》そうな匂いを漂わせていた。

とたんに、佐知の腹がぐうと鳴った。

彼女だけではない。

困惑した様子で土間に立ち尽くしていた文弥も、空腹を覚えていたらしい。

「飯は十分に炊いております。よろしければ、どうぞ」

恥じ入る兄妹に、左内は重ねて呼びかける。

二人の闖入者《ちんにゅう》を軽んじることなく、口元に優しげな微笑みを浮かべていた。

箸と椀《わん》には予備があるが、箱膳はひとつきりしかない。そこで左内が思いついたのは鍋蓋と、流しに置いていた俎板《まないた》をお膳の代わりにすることだった。

灯火《とうか》の下で、慎《つつ》ましくも心のこもった三人分の食膳が整えられた。

「どうぞ」

文弥には鍋蓋に、佐知には俎板に載せて熱い飯と汁を供する。佃煮はひとつの鉢に山盛りにし、好きに箸を伸ばしてもらうことにした。

「美味《おい》しい！」

佐知が歓喜の声を上げた。

佃煮をひと箸つまんだだけで、山盛りの飯が見る見るうちに減っていく。

礼儀正しくも、箸の動きは速い。佐知は食の進みも男勝りだった。

「はしたないぞ、佐知っ」

窘《たしな》める文弥のほうも、すでに一膳目を平らげていた。兄妹揃って、よほど腹を空かせていたのだろう。

「ご遠慮なさらず、たんと召し上がれ」

左内は気を悪くすることもなく、続けざまにお代わりをよそってやる。

三合入りのおひつは、たちまちのうちに空になった。

「忝《かたじけ》ない、日比野殿」

食後の白湯を受け取りながら、文弥は恐縮した様子で言った。

「貧すれば鈍するとは、まさに我らのことであろうよ」

「そう申されますな。武士は相身《あいみ》互《たが》いとも言いますからね……」

「いやはや、面目ない」

ひとたび打ち解けてみれば、沢渡文弥は狷介でも何でもない好人物だった。

道場破りに乗り込んできたのも、よほど食い詰めた上でのことなのだろう。

「我ら兄妹は五日前、江戸に着いたばかりでの」

「それはお疲れでございましょう。して、宿はどちらに？」

「馬喰《ばくろ》町と申すところの安宿に逗留《とうりゅう》しておったが、旅籠《はたご》賃が続かなくてのう……重ね重ね、面目なきことじゃ」

手のひらで茶碗《ちゃわん》をくるむようにして握ったまま、文弥は自嘲《じちょう》の笑みを浮かべた。

兄妹揃って尾羽打ち枯らした風体を見れば、自ずと察しも付いた。

江戸は何であれ、物価が高い。

長旅の末に江戸へやって来て、路銀が底を突いたとなれば稼がなくてはならないが、日傭取《ひようとり》りの肉体労働などできるものではない。代々の浪々の身ならばともかく宮仕えの武士、それも地方の藩士の子として厳格に育てられてきたのであろう文弥には無理な相談のはずだった。

となれば、思いつくのは道場破りぐらいである。

それならば勝ち気な上に剣の腕も立つ、妹の佐知に最初から任せておけば良かったのかもしれないが、文弥は兄として精一杯の威厳を示そうとしたのだろう。

「つくづく、拙者は甘いのう……」

長屋を改装した、吹けば飛ぶような道場ならば自分にも制することができる。そう軽んじて乗り込んだことを、文弥は心から恥じている様子であった。

「日比野様」

押し黙っていた佐知が、不意に口を開いた。

食べ過ぎて、気分が悪くなっていたわけではない。

兄の文弥が身の上話を始めてから、ずっと口を閉ざしていたのが、

「兄妹揃うてのご無礼、どうかお許しくださいまし……」

しょんぼりと幅の広い肩をすくめて、黒目がちの双眸に涙を浮かべている。勇猛に

乗り込んできたときとは別人のような可憐《かれん》そのものの表情だった。

「そもそも、悪いのはこの私なのです」

「何と申される？」

戸惑う左内に、佐知は続けて言った。

「私がけしかけねば、兄も道場破りなどは致さなんだことでしょう。もともとは羽虫一匹を打ち殺すのもためらうほど、優しい人なのです……」

佐知は嗚咽《おえつ》していた。

左内は無言で立ち上がり、壁の釘に掛けてあった手ぬぐいを取る。

「落ち着きなされ」

手ぬぐいを差し出しつつ、左内は言った。

「背に腹は代えられぬと申します。お兄上も浪々の身になられたとは申せど、大切な貴女《あなた》にひもじい思いをさせたくないと思われればこそ……」

「違うのです！」

佐知はかぶりを振った。

誤解をしてほしくはない。そう言いたげな、切実な表情であった。

「私共は、父の仇を討つために江戸まで参ったのです」

「仇討ち……」

左内は思わず息を呑む。

端整な横顔が凍りついている。

なぜ『仇討ち』の一言に反応したのかは判然としないが、ただならぬ驚愕《きょうがく》の表情を浮かべていた。

その隣で、文弥が深々と吐息を漏らした。

「止めよ、佐知」

凍りついたままでいる左内をよそに、すっと妹へ向き直る。

「日比野殿に、これより上のご迷惑はかけられぬ。余計なことを申すでない」

「兄上……」

左内が渡してくれた手ぬぐいをぎゅっと握り締め、佐知が何か言いかけた。

と、そのとき。

「む！」

左内の表情が、おもむろに引き締まった。

表から乱れた気配が漂ってくる。

どぶ板を踏むのを避け、足音を立てずにいても、押し寄せる殺気ばかりは隠すことができていない。

一団の者が長屋の路地を密かに駆け抜け、この棟へと迫っているのだ。

隣近所は静まり返っている。

どの家でも疾《と》うに夕餉を終え、眠りに落ちている頃合いだった。

異変に気付くや、左内は迅速に行動を開始した。

「裏へ!」

小声で兄妹に告げると、行灯を吹き消す。

明かりを消してしまえば、障子に影が映ることもない。

土間の草鞋を拾って隠す動きも速やかだった。

長屋の裏庭は、物干し場になっている。わずかながらも植え込みがあり、その陰に伏せていれば見付かる恐れはないはずだった。

もとより、座布団《ざぶとん》などは出していない。

夕餉の洗い物は食後の白湯を供する前に、すべて流しにまとめてあった。

左内の立ち居振る舞いは冷静そのものである。

沢渡兄妹が身を隠したのを目の隅で確かめつつ、白湯の碗を取る。

障子戸が無遠慮に開かれたのは、一口目を啜《すす》っていたときのことだった。

五

「御免《ごめん》」

悠然と土間に立ったのは、長身の武士だった。

齢は三十ぐらいと見て取れる。

行灯を消していても、左内は夜目《よめ》が利く。幼い頃から剣術修行の一環として、暗闇の中でも木刀を交えることができるように夜間稽古を積んできた身だからだ。

どうやら、現れた武士も同じらしい。

「明かりを落として夕餉とは、風流なものだの？」

告げてくる口調は尊大なものだった。

恰幅《かっぷく》が良く、身なりも悪くない。

結城紬《ゆうきつむぎ》の袷を着流しにし、洒落《しゃれ》た定寸の大刀を落とし差しにしている。

着衣の精緻《せいち》な織りを引き立たせる、金梨子地《きんなしじ》の鞘である。

右腰に提げた印籠《いんろう》も、見るからに高価《たか》そうな品であった。

月代も、きれいに剃ってある。これで袴を穿いて二本差しにすれば、大身《たいしん》の旗本と称しても通じることだろう。

だが、造作は見るからに悪人顔《づら》だ。

鷲鼻《わしばな》が目立つ顔に、不気味な笑みを浮かべている。

微笑んでいても、小さな双眸には剣呑《けんのん》な光が差していた。

背後に、数名の浪人が立っている。

沢渡文弥にも増して、尾羽打ち枯らした風体の者ばかりだった。

江戸市中のどこででも見かける、食い詰め浪人だ。

代々の浪人で、仕官など望むべくもない手合いである。それでいて内職など営んで慎ましく暮らすことなど考えもせず、端金《はしたがね》で暴力沙汰《ざた》を請け負い、人を斬《き》ることさえ厭《いと》わないような連中であった。

かかる物騒な輩《やから》を引き連れているのが、まともな人物であるはずもない。

高価な身なりも浪人たちの手配も、どのみち何か悪事を働いて得た金で賄《まかな》っているのだろう。

「神谷《かみや》仁十郎《じんじゅうろう》と申す」

低い声で名乗りを上げつつ、武士は左内をじろりと見やる。

「こちらに武家の兄妹が参ったであろう」

「は？」

白湯の碗を手にしたまま、左内はとぼけた表情で見返す。

「沢渡文弥と申す者と、その妹じゃ。昼間、おぬしのところに道場破りに参ったのであろう」

「左様にございますが、妹御などは存じませぬ」

「とぼけるでない。今一度、兄妹揃うて乗り込んで参ったはずじゃっ」

武士は片頰を引きつらせた。

「はて」

左内は小首を傾《かし》げてみせた。

「隠し立てするな！」

「存じませぬ」

声を荒らげられても、一向に動じはしない。

「ふん」

神谷仁十郎と名乗った武士は、鼻白《はなじろ》みながらも続けて問うた。

「されば、これは何じゃ？」

しゃくれた顎で示したのは、流しの小桶にまとめた食器だった。

一目見れば、三人で食事をした後と分かるはずである。

しかし、左内は微塵《みじん》も動揺していなかった。

「陰膳《かげぜん》にございますが……」

「陰膳とな」

仁十郎はまた鼻白んだ。

留守にした身内の無事を祈り、お膳を用意するのは当時としては取り立てて珍しい習慣ではない。

だが、神谷仁十郎はそう言われて大人《おとな》しく引き下がる手合いではなかった。

「されば、何故に二人前も用意しておるのか」

「我が父と兄の分にございます」

「揃うて旅に出たとでも申すか」

「左様です」

落ち着き払った口調のまま、左内は言葉を続けた。

「腐らせてしまっては勿体ない故、箸を付けました。それが何か？」

「ば、馬鹿を申すな」

仁十郎の口調が乱れてきた。折り目正しい態度を保ったまま、何を問われても動じずにいる左内にはぐらかされまいと懸命になっているのだ。

「おぬし、三人前も飯を平らげるほどの大飯喰《ぐ》らいには見えぬぞ!?」

「お恥ずかしゅうございますが、痩せの大食いというやつですよ」

と、竈に掛けたままの大釜《おおがま》を指し示す。

「いつも夕餉に三合炊いておるのですが、ついつい食べ過ぎてしもうて朝まで余したためしがありませぬ。いやはや、お恥ずかしい」

「む……」

仁十郎は押し黙った。

ああ言えばこう言う。

恐らく、そう思っているのだろう。

いずれにしても左内がとぼけ通している限り、埒《らち》は明くまい。

「とまれ、余計な真似はせぬことだ」

それだけ言い置き、仁十郎は踵《きびす》を返す。

食い詰め浪人たちも大人しく、雇い主の後に従う。

開け放たれたままの障子を、左内は無言で見やる。

足音が遠ざかっていくのを確かめ終わるまで、行灯を点そうとはしなかった。

六

「どうぞ」

「忝《かたじけ》ない……」

左内が差し出した雑巾で、文弥はていねいに足をぬぐう。続いて入ってきた佐知も恐縮し切った表情を浮かべていた。

控えめな口調で、左内は二人に問いかける。

「あの者があなた方ご兄妹の仇、なのですね」

「左様……」

文弥は不承不承、口を開いた。

「神谷仁十郎は半年前、我が藩に仕官を望んで参った者にござる。御前《ごぜん》試合にて十人抜きを果たしたものの、人物が芳《かんば》しからずと見なされて登用はされなんだ」

「無理もありますまい。お殿様ならずとも、そう申されることでしょうね」

左内は吐息を漏らした。

「されど、当の神谷は自信満々だったのだ。なればこそ、殿のご裁定を通達に参りし父を、一刀の下に……」

沈痛な面持ちで、文弥は押し黙る。

あの神谷仁十郎は自分が仕官を果たせなかったことを逆恨《さかうら》みし、沢渡兄妹の父親を斬り捨てたのだ。

己の未熟を省《かえり》みぬ、理不尽きわまる振る舞いと言えよう。

「逐電《ちくでん》せし神谷を追うて、私共は道中を続けて参りました」

言葉が出てこない兄に代わり、佐知が口を開いた。

「されど神谷めを討つことはできず、こちらが追われる身になってしまいました」

「では、江戸に来られたのは？」

「お恥ずかしい限りにございますが道中で逆に襲われ、追い立てられて参ったのです。とても太刀打ちできず、さりとて身を隠そうにも路銀が尽きて……」

「それで、道場破りを」

「兄の腕試しにもなればと思い、後先も考えずにけしかけたは私の短慮。何卒《なにとぞ》お許しくだされ」

「さもありましょう」

左内は淡々と答えた。

「失礼ながら文弥殿のお腕前では、とても敵《かな》いますまい。女丈夫の佐知殿とて一太刀浴びせることができるかどうか……」

兄妹を貶《おとし》めているわけではない。

自らも刀を取る身として、冷静に判じたことである。

神谷仁十郎は強い。それでも、討ち果たさずに済ませるわけにはいかなかった。

仇討ちは武家、とりわけ宮仕えの侍にとっては必須の義務だった。

武士の俸禄《ほうろく》は、家単位で主君より支給される。

凶刃《きょうじん》に倒れた当主の仇を討ち果たすまでは、子弟が後を継ぐことも許されない。

沢渡兄妹にとって、神谷仁十郎は是が非でも倒さなくてはならない対手なのだ。

「日比野殿！」

文弥が、おもむろに土下座した。

「そ、それがしに一手ご指南くだされっ」

「文弥殿……」

左内は、そっと膝元に躙《にじ》り寄る。

「妹御ともども、一命を賭《と》するお覚悟はありますか？」

問いかける口調は常と変わらず、静かなものである。

しかし、凛とした双眸に差す光は、いつもと違っていた。

「日比野様……」

それに気付いた佐知が息を呑む。

左内の表情は別人の如く、厳しいものになっていた。

他人事《ひとごと》と思っていれば、ここまで本気になりはしないことであろう。

左内は、すっと立ち上がる。

「時をかけてはいられますまい。疾《と》く、稽古を始めましょうぞ」

有無を言わせぬ様子で文弥に告げるや、部屋の奥へと歩んでいく。

刀架の後ろに手を伸ばし、置かれていた錦袋《にしきぶくろ》を取る。

何が入っているのか定かでない、長大な袋だった。

七

「どうぞ」

兄妹を道場に招《しょう》じ入れると、左内は灯火を点した。

五坪の空間が、たちまち明るくなる。

後世の電球に比べれば暗がりも同然だが、お互いの顔を見ることができる程度には光が差している。

道場の中央に立った左内は、手にした一振りを文弥に差し出す。

「これは大太刀《おおだち》です」

「何と……」

文弥は目を見張った。

錦袋から取り出されたのは、尋常でないほど長尺《ちょうじゃく》の刀だったのだ。

刀身は、並の刀より優に一尺は長い。

この大太刀は、左内が修めた中条《ちゅうじょう》流に独特の得物であった。正しくは『中條流』と表記される、加賀藩伝来の古流剣術である。

「貴方《あなた》が勝機を得るには、これを用いるより他にありますまい」

左内の所見は、正鵠《せいこく》を射たものと言えよう。

沢渡文弥の剣の技倆がお粗末なことは、昼間の立ち合いで承知している。

神谷仁十郎とまともに、それも同じ定寸の刀で斬り合えば敗北は必定であろう。

だが、敵よりも長い刀を用いれば話が違う。

一尺も遠い間合いから攻めれば、必ずや動揺を誘うことができるはずだ。

それに、文弥には真剣勝負の経験がない。

いざ本身《ほんみ》で立ち合えば、恐怖心も募《つの》るはずだった。

しかし大太刀を持つことで、間合いに一尺の余裕が生じる。それだけの遠間《とおま》からであれば恐れを克服し、仁十郎を斬ることもできるだろう。

むろん、すべては長尺の得物を使いこなせればの話である。

「持ってみなされ、文弥殿」

鞘を払って手渡された大太刀は、ずしりと重かった。

大太刀は刀身が三尺一寸、柄の長さが一尺二寸。

対する左内の中太刀《ちゅう》は刀身二尺三寸、柄五寸。

部屋の刀架に掛けていた、普段差しにしている一振りだ。

むろんいずれも本身である。

本来の中条流の稽古では同じ尺寸《しゃくすん》の木刀を用いて、組太刀を行う。決められた技の手順に従い、攻守の双方が打ち合うのだ。

それでも怪我を負うことがままあるというのに、左内はいきなり真剣を持ち出したのである。

無謀と言うべき稽古法だった。

しかし、猶予はない。

仇の神谷仁十郎は今夜のうちにも、再び現れるかもしれないのだ。

「振るうてみなさい」

左内の一言に黙って頷き、文弥は大太刀を振りかぶる。

たちまち、腰がぐらつく。

「兄上っ」

傍《かたわ》らに座した佐知が、思わず身を乗り出しかけた。

その機先を制し、左内の声が飛ぶ。

「手の内を締める！」

「はいっ」

文弥は懸命に両の手を締め込む。

刀身のぐらつきが収まった。

「そう……息を丹田に集めて……」

励ます左内の口調は、門弟の少年たちに対するものと変わらない。

怯えさせることなく、意気を高めようとする思いやりを感じさせる声色だった。

「一!!　二!!」

左内の号令に合わせ、文弥は大太刀を打ち下ろす。
刀勢は、見るからに弱かった。
下まで振り込みすぎて、自分の脚を斬ってしまうのを恐れているからである。これでは
そうすると両の腕が萎縮してしまい、刀身の描く弧も自ずと小さくなる。
肩を支点とする、正しい斬り下ろしになっていない。
力めば力むほど、焦れば焦るほどに、文弥は汗にまみれていく。
夜半ともなれば暖気のない床板は凍りついたようになり、吐く息も白いというのに
足元にはとめどなく、汗が滴《したた》り落ちていた。
文弥はよろめきながらも、懸命に大太刀を振りかぶっては打ち下ろす。
「刀の重さで斬るんだ！　手の内を締めるのは真っ向に打ち込んでから！」
頃合いを見計らい、左内はすかさず指摘した。
誤っていると承知の上でしばし素振りを続けさせたのは、大太刀の尋常でない重さ
と長さにまずは慣れさせるためのことだった。
本来ならば木刀を、それも定寸のものを用いて基礎から教えるべきなのだろう。
だが、今は時がない。
この大太刀を得物《えもの》として仇討ちに臨まねば、間違いなく文弥は殺されてしまう。

三尺一寸の真剣が扱えるようになることを、最優先しなくてはならなかった。

どうにか文弥が自然に大太刀を振るうことができるようになったのは、丑三《うしみ》つ刻のことだった。

闇はいよいよ深く、灯火もか細い。

佐知は固唾《かたず》を呑んだまま、暗がりの中に座して稽古を見守っていた。

今、文弥は左内と向き合っている。

「教えた通りにやるのです。刀は防具！　そう思うてっ」

凛《りん》とした声で呼びかけるや、左内はおもむろに中太刀を抜き打った。

戦国乱世には刀を抜き放ちざまに右手一本で斬り付ける、片手打ちと呼ばれる戦法が発達したといわれる。左内が振るったのも、その片手打ちだった。

夜陰《やいん》を裂いて金属音が上がる。

左内の一撃を、文弥は斜《はす》にした刀身の側面で受け流したのだ。

剣術の防御に『受け流し』という技法が存在する。書いて字の如く、斬ってくる敵の刃をこちらの刀身で受けて流すのである。

勢い込んだ斬撃《ざんげき》を外された敵はつんのめり、一瞬だけ無防備になる。

その一瞬を突いて反撃に転じれば、斬り伏せることが可能となるのだ。

しかし文弥は防御しただけで、振りかぶることまではできていなかった。

大太刀を正しく、真っ向に斬り下ろすことはどうにかできるようになったものの、受け流した刀身を速やかに振りかぶる所作は、すぐ身に付くものではない。

それでも、何とか会得させなくてはならなかった。

神谷仁十郎はこちらの大太刀を警戒しつつも、立ち合ううちに必ずや嵩《かさ》にかかって斬りかかってくるはずだ。

そこを間髪入れずに受け流し、返す刀で袈裟《けさ》に斬れば良い。

左内が文弥に授けんとしていたのは敵の虚を突く、一刀必殺の返し技だったのだ。

「先生……」

荒い息を吐きながらも、文弥は懸命に大太刀を構え直す。

「今一度……お願いいたすっ」

「よし！」

左内は再び間合いを取り直し、中太刀を打ち込んでいく。

闇の中に金属音が打ち続く。

文弥は時折へたり込みながらも必死になって立ち上がる。

「まだまだ！」

応じる左内も真剣そのものだった。

空が白むまで、稽古は続行された。


朝日の差す中に軽やかな金属音が二度、続けざまに上がった。

最初の音は、文弥の受け流し。

続いて響き渡ったのは、袈裟に打ち込んだ大太刀を左内が受け止めた音だった。

「見事！」

左内は完爾《かんじ》と笑う。

受け流しの一手で阻まれるとあらかじめ承知していればこそ防御もできるが、虚を突かれれば敵は為す術《すべ》もないことだろう。

そうやって一瞬の隙を作らせ、返す刀を浴びせれば必ず勝てる。徹夜の稽古は実を結んだのだ。

「できた……」

安堵《あんど》の笑みを浮かべつつ、床にへたり込んだ文弥は気を失う。

同時に、どさりという音がした。

「佐知殿!?」

左内は慌てて向き直る。

冷たい床の上に端座したまま、息詰まる稽古を見守り続けていた佐知もまた、体力の限界に達していたのだった。


佐知が目覚めたのは、夕刻のことだった。

いつの間にか道場から左内の住まいへ運ばれ、布団に寝かされている。

兄妹はひとつの布団に横たえられ、一枚きりの夜着《よぎ》を掛けてもらっていた。

佐知は頬を赧《あか》らめつつ、慌てて身を離す。

文弥はまだ、すぅすぅと安らかな寝息を立てていた。

と、土間から涼やかな声が聞こえてくる。

「よく眠っておられましたね」

子どもたちへの指南を終えてきた左内は、明るい笑みを浮かべていた。

二人が身支度をしている間に、左内は手際よく卵雑炊を拵《こしら》えてやった。

腹のこなれが良いばかりでなく、体もほかほかと温まる。

沢渡兄妹は味噌仕立ての雑炊をそれぞれ二椀ずつ、謹んで胃の腑《ふ》に収めた。

先に食事を終えた左内は、刀の手入れを始めた。

大太刀の鞘を払い、水を含ませた荒砥《あらと》のかけらで刃を軽くこする。切れ味を高めるために寝刃《ねたば》を合わせているのだ。

「迷うてはなりませぬぞ」

励ましの一言を与えつつ、左内は手入れを終えた大太刀を文弥に差し出す。

「重ねた稽古が、貴方の力になっています。そう信じてください」

「先生……」

「ご武運《ぶうん》を祈ります」

声を詰まらせる文弥の肩を、左内はそっと叩いてやる。

その様を見やりつつ、佐知は目元を押さえるのだった。

八

かくして、夜が更《ふ》けた。

沢渡兄妹は二人きりで、連れ立って大川端を歩いている。

殊更《ことさら》に仇討ち装束などは着けていない。

日比野左内が貸してくれた大太刀を、文弥は自前の刀の代わりに帯びている。

佐知は脇差を抱くようにして、兄の傍に寄り添っていた。

左内の長屋を出たときから、尾《つ》けられていたのは承知の上であった。

神谷仁十郎は江戸入りする前から虎視《こし》眈々《たんたん》と、二人をまとめて返り討ちにする機を狙い続けてきた男である。

人気《ひとけ》が絶えれば即、襲ってくるに違いない。

目論見が当たったのは夜四つ、午後十時——江戸市中の町境を仕切る木戸がすべて閉じられ、完全に辺りが無人になった頃のことだった。


「自ら斯様《かよう》な死に場所を選んで参るとは、殊勝なことだの」

兄妹の前に立ったとき、神谷仁十郎は嗜虐《しぎやく》の笑みを浮かべていた。

雇われ者の食い詰め浪人どもも、じりじりと迫り来る。

「う……」

気圧されつつも、文弥は左腰から鞘ごと大太刀を抜く。

腰に帯びたまま抜刀するのは難しいと、あらかじめ左内から教えられていたのだ。

無器用に払った鞘を足元に置き、中段に構える。

しかし、浪人どもは誰一人として動じない。

荒事《あらごと》を売り物にする手合いだけに、それなりに腕は立つ者ばかりだ。

対手が刀の鞘を抜いて、構える所作を一目見れば、技倆の程は自ずと知れる。

三尺一寸の大太刀を持ち出そうとも、この様子ではとても役には立つまい。

そう見定めた上で、舐めきっているのだ。

「兄上っ」

思わず佐知は前に出る。

抜き放った脇差を片手中段に構え、果敢に睨み返す。

「おやおや、震えておるぞ」

中央に立った仁十郎は、いやらしい笑みを浮かべながら浪人どもに下知《げち》した。

「女は斬るな。後で存分に楽しませてもらうのだからの」

「おのれ！」

かっとなった瞬間、佐知の脇差が音を立てて打ち払われた。

「佐知っ」

思わず、文弥は大太刀を振りかぶる。

斬りかかってきたところを待ち構えて受け流す策を、完全に見失っていた。

と、そのとき。

「待ちなさい」

修羅場に、凛とした声が響いた。

日比野左内は月光の下に、飄然《ひょうぜん》と立っていた。

稽古用の分厚い袴を着けている他はふだんと変わらぬ装いであり、左腰には中太刀を一本差しにしているのみだった。

「尋常な立ち合いとあれば、手は出さぬつもりでした……なぜ、貴方は加勢を頼むのですか」

「ほざくな！」

淡々と語りかける左内に、浪人の一人が突っかかる。

凶刃が唸った次の瞬間、軽やかな金属音が上がった。

左内が抜き放った刀身に、受け流されたのだ。

敵がたたらを踏んだ瞬間に、一刀の下に命を絶ってしまうこともできただろう。

しかし、左内はそうしなかった。

「うっ!?」

浪人が呻きを上げた。

左小手を浅く裂かれている。その気になれば筋まで断ち切り、二度と刀を握れなくしてしまうことも可能だったに違いない。

「つ、強い……」

「とても、我らでは歯が立つまいぞ……」

浪人どもは、たちまち戦意を喪失した。

刀を握る軸手《じくて》が役に立たなくなった用心棒を、雇う者はいない。

仁十郎が寄越した端金で命を懸けるのは、とても割に合わぬことだった。

「ま、待てい」

仁十郎は慌てた声を上げたが、もう遅い。

浪人たちは尻に帆をかけて、一目散に逃げ出していく。

「おのれ……」

歯噛みする仁十郎に、左内は静かに説《と》き聞かせた。

「ここは潔く、果たし合うべきでありましょう」

「む……」

たしかに左内の言う通りだった。

この兄妹を、返り討ちにしさえすれば事は済む。

尋常な立ち合いならば手は出さないと左内が約している以上、不安はない。

「参れ！」

勢いを取り戻した仁十郎は、猛然と刀を抜き放つ。

「応《おう》っ」

一直線に斬りかかってくる仇敵に対し、文弥は臆せずに仁王立ちとなった。

両者の距離が見る見るうちに詰まっていく。

一足一刀の間合いに達した瞬間、仁十郎は袈裟に斬りかかった。

刹那、大川端に重い金属音が響き渡った。

間を置かず、肉と骨を断つ音が聞こえてくる。

「先生……」

「見事」

血刀を手にしたまま茫然とする文弥に、左内は力強く頷いて見せる。

「兄上！」

佐知が駆け寄ってくる。

神谷仁十郎は己自身が狙ったのとまったく同じ太刀筋——袈裟がけの一太刀を浴び

せられ、冷たい地面に倒れたまま事切れていた。

九

かくして仇討ちは成就《じょうじゅ》し、沢渡文弥は帰参を許される運びとなった。

出立《しゅったつ》の朝、左内は兄妹を見送りに日本橋まで出た。

「御礼の申し上げようもござらぬ」

文弥は深々と頭を下げる。月代はきれいに剃り上げられ、本懐《ほんかい》を遂《と》げた武家の子弟として恥ずかしくない形に装いを変えていた。

「貴方が己の力で成し遂げられたことですよ」

涼やかな声で応じつつ、左内は傍らの佐知を見やる。

「かくなる上は安堵して、良き殿御《とのご》に嫁がれることです」

「はい……」

羞じらいを滲《にじ》ませつつ微笑む佐知からは、もはや男勝りの雰囲気は消えていた。

晴れやかに旅立っていく兄妹を、左内は惜《お》しみない笑顔で見送った。

日比野左内は独り、神田川伝いに家路を辿《たど》る。

「仇討ち、か……」

つぶやく横顔に、翳りが差している。

誰も見たことのない、孤独に満ちた表情だった。

左内は加賀藩士の嫡長子《ちゃくちょうし》である。

一年前、藩の重職を務めていた左内の父が闇討ちされた。

それと時を同じくして、腹違いの兄が加賀城下から姿を消したのである。

誰もが皆、下手人は兄と見なした。

藩庁も例外ではない。

仇討免許状を以て、左内は兄を討ち取ることを命ぜられたのだ。

左内は、すべて独りで背負い込まなくてはならなかった。

もとより、誰に明かせることでもなかった。

子ども相手の道場主として生きることの喜びは、大きい。

しかし、それは左内本来の姿ではないのだ。

加賀から江戸に出てきた左内は、仇討ちの路銀にと親族が集めてくれた金をすべて費やして道場を構えた。

若輩の身で剣術道場などを営んでいれば、善くも悪くも江戸市中の剣客たちの間で噂《うわさ》となる。こちらが日比野左内という本名で看板を掲げている以上、もしも兄が江戸に来ていれば耳に入るはずだった。

当人がやって来るかどうかは分からない。

また、面と向かったときに投げかけられるのが、笑顔だとは限らなかった。

兄は手裏剣術の名手だった。その手練の飛剣《ひけん》が、父の命を断ったのだ。

藩の誰もが兄を疑い、仇として討つことを左内に望んだのも当然であろう。

だが、左内は心から藩命に従ったわけではない。

兄に会いたい。会って真実を聞き出したい。それだけが、彼の願いだった。

「何処《いずこ》におられるのですか、兄上……」

享和四年一月。日比野左内に春が訪れる日は、まだ遠い。

第二話　いのち散るとき

一

神田川を春風が吹き渡る。
享和四年（一八〇四）、江戸は二月を迎えていた。
陽暦では、三月の中旬に当たる。
今年は雨が少なく、まだ桜の蕾《つぼみ》が綻《ほころ》び始める気配は見られない。
しかし、すでに梅は満開だった。
向島《むこうじま》に亀戸《かめいど》、蒲田《かまた》といった梅見の名所は、どこも一月の末には盛りを迎えていた。
郊外だけでなく市中も、馥郁《ふくいく》とした香りに満ちている。
通りに面した町家の庭先から漂ってくるのだ。

個人で梅園を持ちたければ、向島あたりに寮でも構えなくては埒《らち》が明くまい。だが一本だけ軒先などに植えるだけならば、ちいさな庭でも十分に事足りる。

江戸はもう、春爛漫《らんまん》なのである。

向柳原の日比野道場は、今日も元気な子どもたちで満員だった。


「いち、に！」

「いち、に!!」

素振りの発声が、潑剌《はつらつ》と井戸端に響き渡る。

このところ、門弟の数は日一日と増えていた。剣術を習い始めたばかりの小さい子だけでも、素振りの組がひとつ作れるほどになっている。

頭数が多くなれば、稽古《けいこ》方法を工夫するより他にない。

左内は最近、弟子たちの組分けを二部制から三部制に切り替えていた。

長屋の道場の中で一組目を掛かり稽古に取り組ませ、その間に井戸端では二組目に素振りをさせる。

そして、残る三組目には長屋の路地で足さばきを指導するのだ。

剣術を始めたばかりの頃には、運足《うんそく》を正しく覚えることが必要である。

まず基礎となるのは『送り足《おくあし》』での前進と後退だ。

直立して左足に体重を掛け、対手《あいて》の動きに応じて速やかに、前後・左右・斜めへと滑り出るように移動する足さばきのことを、送り足と呼ぶ。

「よく見ているんだよ」

左内は素足となって路地の端に立ち、ちいさな弟子たちに呼びかける。

竹刀《しない》は持たずに空手《からて》のまま、中段の構えを取った左内はおもむろに起動した。

どぶ板を踏む音も立てず、さささっと路地の端から端へ進み出ていく。

「すごーい！」

子どもたちは思わず目を見張る。

実に軽やかな足さばきだった。

路地の端まで来たところで、左内は後退し始める。

どぶ板の割れ目になど、引っかかりもしない。あたかも背中に眼が付いているかのように安定した運足であった。

むろん、跳びはねているわけではない。

剣術の運足の基本とされる摺り足を忠実に守った上で、ちいさな弟子たちに送り足の手本を示していた。

「さ、みんなもやってみよう」

「はい、せんせい！」

元気一杯に答えた子どもたちは、ぶつからないように間隔を取って路地に並ぶ。

「構え！」

号令に合わせて、皆は中段の構えとなった。

左内は子どもたちの間を廻《まわ》り、ひとりずつ姿勢を直してやる。

両足の間隔は、握り拳ひとつ。

つま先は両方とも前に向けて、左つま先は右踵《かかと》よりも前に出さない。

ちなみに剣術では右足が前、左足が後ろに来ることから右を前足、左を後足《あとあし》と呼び習わされる。

前足の踵は半紙一枚、後足は読本《よみほん》の合巻《ごうかん》一冊ぶんといった心持ちで浮かせる。

体の重心は両足の間よりもやや前方に掛ける。男子ならば、へのこ（陰茎）の位置と教えれば分かりやすい。

そんな姿勢を作り、後足で軽く地面を蹴《け》れば、体は自然に前へ出るのだ。

左内を先頭にして、子どもたちは前進と後退を繰り返す。

皆の動きが滑らかになってきたのを見定めつつ、

「はい、左右！」

「はい、斜め！」

と、左内は続けて号令を出していく。

いざ立ち合いとなれば、あらゆる方向へ速やかに移動することが求められる。送り足の稽古は初心者にはもちろん、左内にとっても日々欠かせないものであった。

足さばきには、他にもさまざまな技法がある。

歩くときと同様に、両足を交互に動かして前進・後退する『歩《あゆ》み足』。

後足のつま先を前足裏の半分あたりまで踏み込んで前進する『継《つ》ぎ足』は、遠間《とおま》に立つ対手を打ったり突いたりするときに必要となる足さばきだ。勢い余って上体が前にのめったり、後足がうっかり前足と揃《そろ》ってしまいがちなため、なかなか難しい。

左内は子どもたちの足の動きに入念に目を配りつつ、ひっきりなしに指摘する。

「前足に目方《めかた》（体重）を載せちゃだめだよ！　後足に載っけるんだ！」

そうしさえすれば、後足が前に出過ぎることは自ずとなくなってくる。

また、歩み足と継ぎ足を混同して覚えてしまってもよろしくない。

まだ初心者のうちはともかく、稽古の段階が進んで技を覚えることになったときに困るからだ。

剣術の足さばきはそれぞれの技の中で決められており、演武をする上で使い分けが求められる。たとえば、遠間の対手に継ぎ足で攻め込むことを想定した技なのに歩み足でゆっくり前進していたのでは間に合わないからだ。

「継ぎ足継ぎ足！　歩み足じゃない！」

大事なことと思えばこそ、左内はしつこく繰り返す。

送り足、歩み足、継ぎ足を正しく理解し、習得できた子には、さらに難しい足さばきを学ばせなくてはならない。

対手が打ち込んでくるのを左右にかわし、防御するための『開《ひら》き足』。

一気に間合いを詰めて打突《だとつ》する『とび込み足』。

いずれも実際に対手と向き合い、掛かり稽古をする段階になったときに必要となる技法である。年少の者たちには、まだ早い。

左内は基本にはうるさいが、急《せ》かすことはしない。

一人一人、段階に応じて正しい足さばきと竹刀さばきを教えようと心がけていた。

年少組への指導が一区切りつくのを見計らって、井戸端へ足を運ぶ。

そろそろ素振りを切り上げさせ、道場内の掛かり稽古組と入れ替えさせる頃合いであった。

昼下がりの路地に差す陽光を浴びつつ、左内は軽やかに歩を進めていく。

と、涼やかな双眸《そうぼう》が細くなった。

表の通りから騒ぐ声が聞こえてくる。

「売られた喧嘩《けんか》は買ってやるぞ！」

「下郎《げろう》どもめが、かかって参れ!!」

いずれも二十歳《はたち》そこそこの若者と思しき、威勢の良い武家言葉である。

「鮫鞘《さめざや》組か……」

左内がつぶやいたのは、この界隈《かいわい》で暴れ回っている傾《かぶ》き者たちの通り名だった。


この長屋が建っている向柳原は閑静なところだが、実は盛り場に程近い。

柳橋と両国橋は、ほんの目と鼻の先である。そして両国橋の西詰一帯は、江戸でも指折りの繁華街だった。

芝居小屋と見世物《みせもの》小屋がひしめき合い、見物客目当ての露店も集まっている。

いわゆる両国広小路《ひろこうじ》である。

火事の際の避難場所に指定された空き地を指して、広小路と呼ぶ。

辺り一帯には住むことも店を構えることも禁じられていたが、仮小屋を設けるだけならば障《さわ》りはない。

広小路では芝居小屋も見世物小屋も、いざ火事騒ぎが出来《しゅったい》したときは速やかに撤去することが可能な、莚《むしろ》張りの仮拵《ごしら》えばかりなのだ。

庶民に娯楽が必要なのは、いつの世にも変わらない。

公儀の黙認の下で、広小路は大いに栄えていた。

盛り場には、人と金が自然に集まる。

それを目当てにやって来るのは掏摸《すり》やかっぱらいの類《たぐ》いばかりではない。

露店の屋台で無銭飲食をしたり、行き交った者に喧嘩を吹っかけたりして暴力沙汰《ざた》を引き起こす無頼の徒も多い。その中で最も名が売れており、かつ厄介な存在だったのが鮫鞘組と称する若者の集団だった。

地廻りの博徒《ばくと》などではない。

徒党を組む面々は、直参《じきさん》旗本の子弟たちである。

将軍家直属の家臣ともなれば、さすがの公儀も取り締まるのは難しい。

とりわけ大身《たいしん》旗本は武家の格として諸大名と同等であり、町奉行所では注意をすることさえも憚《はばか》られる。

それを良いことにして、鮫鞘組は好き勝手に振る舞っていた。今も往来で喧嘩騒ぎの最中らしいが、両国広小路を持ち場として治安を守る廻方同心も例によって、見て見ぬ振りを決め込んでいるのだろう。

たしかに、困った連中には違いあるまい。

しかし、彼らが暴れずにはいられない境遇だということも左内は承知していた。

鮫鞘組は行き場のない、旗本家の末弟の集まりと聞いている。

旗本に限らず、武士の禄米《ろくまい》と役職は家単位で主君より給される。父親から相続する権利は長男のみにあり、次男以下の者は他家へ養子に入るより他にない。

婿《むこ》入りの声がかかるまでは家督を継いだ兄夫婦の厄介になり、屋敷内《うち》に与えられた一室で暮らすことになるため、彼らは部屋住みと呼ばれた。

この『部屋住み』という呼称には侮蔑《ぶべつ》の意味も含まれていた。毎日やることもなく無為徒食するばかりの、穀潰《ごくつぶ》し《いそうろう》と世間から見なされている。

むろん、誰もが好んで居候の身に甘んじているわけではあるまいが、たとえ当人が独立を望んだところでどうにもならない。

家を飛び出しても、自立するのが難しいのは目に見えている。

多少の学問や武芸の心得があっても、所詮《しょせん》は直参の坊ちゃん育ちだからだ。

生まれながらの浪人ならば武家の矜持《きょうじ》になど囚《とら》われず、子ども相手の手習い師匠になったり内職を営んだりして上手《うま》く世を渡ることもできるが、乳母日傘《おんばひがさ》で育った彼らに同じ真似《まね》ができるはずもない。

ならば直参の威光を笠《かさ》に着て無頼を気取り、面白おかしく過ごせば良い。あくまで現実逃避でしかないのだろうが、そう振る舞うことしかできない気の毒な若者たちの心情を思えば、多少のことには目をつぶってやらざるを得まい。

井戸端に出た左内は気を取り直し、快活に呼びかけた。

「さ！　掛かり稽古、掛かり稽古！」

「はい、先生っ」

竹刀を収めた一団は、きびきびと道場へ移動していく。

入れ替わりに路地へ出てきた少年たちは、これから年少組と一緒に井戸端で素振りに取り組むことになる。

とはいえ、限られた空間で全員が同時に竹刀を振るうことはできない。

そこで左内は、あらかじめ段取りを決めていた。

先に年長組が素振りを行い、年少組は見学する。

「よーく見取りをさせてもらうんだよ……」

左内はよそ見をさせないように注意を与えつつ、ちびっ子たちを集中させる。

どの子もまだ竹刀を握り始めて日が浅い。足さばきも十分に身に付いていない段階でいきなり素振りをやらせようとしても勝手が分からず、放っておけば前後素振りのときにぴょんぴょん跳びはねてしまいかねない。

誤った動きを身に付けさせてしまわぬためにも、見取り稽古――他者の動きを見て学ばせるのが重要なのだ。

見取りをされる側の年長組にとっても、これは有益なことだった。

見られていることとの緊張感によって気が引き締まるし、年下の者により良い手本を示さなくてはならないという自覚も促されるからである。

相乗効果を狙《ねら》っての左内の指導法は功を奏し、年少組の見取りの下で行う素振りは目に見えて、出来が良くなってきていた。

ひとしきり励ませたところで、年長組を小休止させる。

次はちびっ子たちが素振りを始める番である。

「さ、構えて！」

整列した年少組は、左内の号令に合わせて竹刀を握る。

どの子も待ちかねた様子で、目をきらきらさせていた。今まで見取りしていた年長組の所作を真似すれば良いので、いちいち戸惑うこともない。

「一《い》ーち！　二《に》ーぃ！」

先頭に立った左内は、ゆっくりと竹刀を振るい始めた。

後に続くちびっ子一同の動きを、年長組の面々はじっと見守っている。

誰一人、よそ見などしていない。

あらかじめ、左内に宿題を課されているからだ。

竹刀の握り、振り下ろし、そして足の運び。

後輩のどこができていないのかを見抜き、後から個々に教えてやるようにと左内は命じてあった。もちろん、ただ駄目《だめ》だ駄目だとけなすのではなく、あくまで教え導くように念を押してある。

さらに他者の稽古を見て学ぶことの重要性を、左内は門弟たちに常々説《と》いていた。

たとえ相手が年少であっても、その重要性は何ら変わらない。

誤っているところを見付けたら正しく直してやり、もしも自分よりもできている点があれば嫉妬《しっと》などせずに、逆に自分の手本とさせてもらうこと。

年長組の少年たちは左内の期待に違《たが》わず、年少組の素振りに見入っている。

自分らの稽古時間を削られたなどと文句を言い出すこともなく、教える者の視点に立って、ちいさな後輩たちを優しく見守っていた。

「一ーち！　二ーぃ！」

「いーち！　にーぃ！」

左内の号令に合わせて、ちびっ子剣士は元気一杯に声を上げる。

明るい陽光の下に、たどたどしくも力強く竹刀を振り下ろす音が続く。

と、左内の表情が険しくなった。

木戸の向こうから、入り乱れた足音が聞こえてくる。

表の通りと路地は、木戸により隔てられている。一応は番小屋も設けられていたが
番人は腰の曲がった老爺《ろうや》であり、何か騒動が起こっても役には立たない。

まさに、今がそのときであるらしい。

足音ばかりか、剣戟《けんげき》の響きまでが一同の耳朶《じだ》を打つ。

「なんだろう、せんせい？」

「こわいよぉ……」

年少組の子たちが、不安げに左内を見上げる。

「大丈夫だよ、みんな」

優しく微笑《ほほえ》みかけて落ち着かせると、続いて年長組の子たちに告げる。

「道場に入っていなさい。小さい者が怖がらぬように、頼むぞ」

「大事ありませぬか、先生？」

「無茶はせぬ。いい齢をして分別を知らぬ者共を、ちと懲《こ》らしめてやるだけさ」

年嵩《としかさ》の門弟が問いかけてくるのにそう答えながら、竹刀を手渡す。

素手のまま、騒ぎの場に赴《おもむ》こうというのだ。

「されば、お刀を！」

「いらぬ」

別の少年が走りかけたのをすかさず制し、左内は一同に念を押すのであった。

「戸を閉めて、私が戻るまで出てきてはならんぞ」

笑顔で言い置き、踵《きびす》を返す。

見送る弟子たちに背を向けたとき、左内の目の色が変わった。

稽古を邪魔する輩《やから》は許さない。

凛々《りり》しい双眸《そうぼう》に微《かす》かな、しかし烈しい怒りの色が差していた。

二

左内が無人の路地を駆けてゆく。

路地の両側は静まり返っていた。

日中のことでもあり、どの棟《むね》も亭主は稼ぎに出ていて留守である。表の通りで騒ぎが起きたのに気付き、女房子どもは息を潜めているのだろう。

左内の道場も例外ではない。

竹刀の響きはぴたりと止み、障子戸は固く閉じられていた。

無言のまま、左内は路地を駆け抜ける。

「ひ、日比野先生ですかい」

駆け付けた左内の顔を一目見るや、番小屋の親爺《おやじ》は安堵《あんど》の表情を浮かべた。

事に備えようとしたらしく、勇ましく天秤棒《てんびんぼう》を握ってはいたが膝《ひざ》が震えている。

「おぬしも出ぬほうが良い。戸にしんばり棒をかっておくことだな」

左内は力強く肩を叩《たた》いてやり、番小屋の中に押し込む。

木戸の前に、界隈《かいわい》の地廻りたちがへたり込んでいた。

こっぴどく殴られた後らしく、揃って頬を腫《は》らしている。手にした短刀や長脇差《ながどす》は刃が欠けてしまい、ささらの如《ごと》くに成り果てていた。

いずれも見知った顔であった。

一年前に道場を構えたばかりの頃、左内は場所代を寄越《よこ》せと理不尽な言いがかりを付けられたことがある。怪我《けが》を負わせぬように竹刀で相手をし、大人《おとな》しく引き取ってもらってからは左内と往来ですれ違っても目を合わせようとせずにいる。

その無頼漢どもが、必死で救いを求めてきていた。

「助けてくだせぇ……せ、先生……」

息を切らせた地廻りの兄貴分が、左内の袖《そで》にすがりつく。

いつも肩で風を切って歩いている威勢の良さは、どこにも見当たらない。

後に続く弟分たちも痣《あざ》だらけにされていた。

「頼みやす、先生っ」

「このまんまじゃ、殺されちまうよぉ……」

口々に助けを乞《こ》うのに頷《うなず》き返し、脇《わき》へ押しやる。

左内の双眸に、迫り来る一団の姿が映じた。

ほうほうの体《てい》になった博徒を追って来たのは、着流し姿の一団であった。

「待て待て、下郎ども！」

「逃がしはせぬぞぉー!!」

大小の二刀を帯びているので武士と分かるが、どの者もだらしない形である。

裾をわざとはだけさせて、派手な色の長襦袢《ながじゆばん》をちらつかせている。

落とし差しにした二刀の鞘は鮫革張りだった。

鞘全体が鮫の革で包まれ、漆《うるし》を塗って仕上げてある。暴力沙汰を日常茶飯事とする身で帯びるには不相応とも思える高価な品だが、直参旗本の子弟としての矜持を誇示するため、費えを惜《お》しまずに誂《あつら》えたものらしい。

まだ二十歳そこそこであろうに、世を拗《す》ねきっている。

先頭に立っていたのは眉が細く、一際《ひときわ》目つきの鋭い若者だった。

原口正吾《はらぐちしょうご》、二十二歳。

鮫鞘組を束ねる頭目であり、かつて下谷練塀小路《したやねりべいこうじ》の中西《なかにし》道場で俊才と謳《うた》われた一刀流の遣い手だ。

左内も常々、その評判は耳にしていた。

聞けば半年前に同門の者と木刀での果たし合いに及び、大怪我を負わせたため破門にされたという。

正吾が旗本仲間と徒党を組み、鮫鞘組と称して暴れ回り始めたのは、かかる不行跡を引き起こした後のことだった。

好んで関《かか》わりたくはない手合いである。

しかし助けを求められていながら、このまま見過ごすわけにもいくまい。

「往生際が悪いぞ、うぬら」

左内には目もくれず、原口正吾は震えている地廻りたちを睨《ね》め付ける。

右手に抜き身の刀を引っ提げていた。

無造作に握っているようでいて、柄《つか》に絡めた五指はきちんと締め込んである。

刀を扱う手の内が、完璧《かんぺき》に身に付いているのだ。俊才という評判に、どうやら偽りはないらしかった。

だが、一流の剣客が必ずしも出来た人物とは限らない。

原口正吾の人格が未熟きわまりないのは、往来で軽々しく刀を抜いていることからも明らかであろう。

「覚悟せい。我ら鮫鞘組に喧嘩を売って参ったからには、刀の錆《さび》になっても構わぬということであろう」

楽しげにうそぶく若者の切っ先が、すっと持ち上がる。

「ひっ!?」

地廻りの一人が悲鳴を上げた。

嗜虐《しぎゃく》の笑みを浮かべながら、正吾は凶刃を中段に取る。

そのとき、左内がおもむろに口を開いた。

「そのぐらいで良いでしょう。刀をお引きなされ」

「何……」

正吾は、じろりと左内を睨《にら》み返す。

視線の動きに合わせて、構えた刀の切っ先も移動する。

ぴたりと向けられた先は、左内の喉元《のどもと》であった。

だが、当の左内は一向に動じない。

凛とした瞳で見返しつつ、静かな口調で説き聞かせる。

「この者たちはもう降参しておりますぞ。かくなる上は快う勘弁してやるのが、武士の情けというものでありましょう。違いますかな？」

「ほざけ、素浪人！」

たちまち、無頼の若者は歯を剝《む》いた。

「おのれが如き者に、武士の何が分かるのだ!!」

吠《ほ》え立てる若者の切っ先が、盛んに上下している。

激したことで、一分《いちぶ》の隙《すき》もなかった構えが崩れたのを左内は見逃さなかった。

「刀を取る身なれば、ゆめゆめ弱き者を痛めつけてはならぬ。弟子たちに常々、そう教えておりますれば……」

淡々と告げながら前に出る。

凶刃の切っ先を避け、開き足で正吾の側面へ回り込んだのだ。

「む！……」

正吾は動くことができなかった。

左内は死角へ回り込みつつ腰を捻《ひね》り、こちらと相対している。たとえ正吾が襲いかかったとしても間合いを外され、素手で当て身を喰《く》らわされるのは目に見えていた。

居並ぶ仲間たちは、頭目の劣勢にまったく気付いてはいない。

「何としたのだ、原口殿！」

「早《はよ》う斬れ、斬ってしまえ!!」

口々にわめき、煽《あお》り立てている。

しかし正吾は沈黙したまま、立ち尽くすばかりだった。

と、そこに仲間の一人が歩み寄ってきた。

上背があるのみならず胸板も分厚く、四肢《しし》が太い。

左内と並べても見劣りのしない、美丈夫《びじょうふ》である。

同じ着流し姿でも、居並ぶ連中とは違って見える。持って生まれた気品がある、とでも言うべきだろう。

太い眉を吊り上げて、美丈夫は正吾の傍らに立つ。

さりげなく、左内から庇《かば》うようにして立ち位置を選んでいた。

「丸腰の者に刀を向けて何とするつもりだ、正吾」

「ぐ、軍平《ぐんぺい》っ」

「我らは無頼なれど、まだ武士の誇りまで捨ててはおらぬはずぞ。違うか」

「う……うむ」

不承不承頷き、正吾は刀を引く。

対する左内は臨戦体勢のままでいる。

軍平と呼ばれた美丈夫が、ずっと視線を外さずにいたからである。

「高野《たかの》軍平と申す。貴公は？」

「日比野左内にござる」

答えながらも、左内は気が抜けない。

隙のない目付だった。

剣の技倆《ぎりよう》は、原口正吾を完全に上回っているといと見なしていいだろう。とても丸腰で制することのできる対手ではないと判じればこそ、左内は手出しを控えたのだ。

正吾が納刀した。

鯉口《こいぐち》を締め、憤然と背を向ける。

それでも去り際に、睨め付けながら左内に一言《ひとこと》吐き捨てるのを忘れなかった。

「今再び会《お》うたときは、ただでは済まさぬ。一人歩きに気を付けい」

「覚えておきましょう」

「ちっ」

毅然《きぜん》と返答する左内に、正吾は最後っ屁《ぺ》ならぬ舌打ちを浴びせていく。

つくづく大身旗本の子弟らしからぬ、不作法な立ち居振る舞いの数々である。

だが、相棒の高野軍平は違っていた。

正吾が遠ざかったのを確かめて、左内に一礼する。

「騒がせて相すまぬ。許されよ」

「は」

「向後《こうご》は決して無茶をさせぬ故《ゆえ》、ご安堵いただこう」

「拙者《せっしゃ》は構いませせぬが……」

「されば、御免《ごめん》」

もう一度頭を下げると、軍平は踵を返す。

無頼の一党に加わっているとは思えぬほど、折り目正しい所作だった。

鮫鞘組の面々が残らず立ち去るまで、左内は木戸の前に立ちはだかっていた。

その背中越しに、遠慮がちな声が聞こえてくる。

「かっちけねぇ、先生……」

恥ずかしそうに告げてきたのは、地廻りの兄貴分だった。

「礼には及ばぬよ」

微笑で応じながら、左内は続けて言った。

「だが、これからは町の皆に迷惑をかけすぎぬように頼むぞ。さもなくば、次は木戸内に入るのを遠慮してもらわねばなるまい」

「へ、へいっ」

兄貴分は平身低頭していた。

弟分たちも皆、神妙にかしこまっている。

「されば、早く医者に行きなさい。そのままでは男振りが下がるからなぁ」

左内は晴れやかに微笑んだ。

思いがけず地廻りに釘《くぎ》を刺す好機を得て、満足そうだった。

鮫鞘組に恫喝《どうかつ》されたことなどは、意に介してもいない。

行住坐臥《ぎょうじゅうざが》、いつ危険に見舞われるか定かでないのが剣客の宿命だと左内は日頃から心得ている。まして仇《かたき》を持つ身となれば尚更《なおさら》のことであった。

三

江戸では夜の帳《とばり》が降りると、諸方の武家屋敷の中間《ちゆうげん》部屋で賭場《とば》が立つ。中間とは武家に奉公し、主君の外出の供などをする者のことである。彼らが寝起きするために与えられた大部屋は、博奕《ばくち》場を開くのに都合が良い。町奉行所も火盗改《かとうあらため》も、武家屋敷に立ち入ることは一切できない。たとえ屋敷内で御法度《はっと》の博奕が行われていたとしても、取り締まるのは不可能なのだ。

大身旗本や大名の屋敷、とりわけ諸大名家が藩邸の予備として公儀から与えられている中《なか》屋敷や下《しも》屋敷は人の出入りが少ないため、絶対に安全だった。人目に立つ恐れがなければ、自ずと客も集まる。

格式の高い家ほど奉公人の数は多く、中間部屋も広い。昼間は取り散らかしていても日暮れ近くなると畳の目の中まで掃き清め、客を迎える支度を整える。

今夜も芝《しば》・愛宕下《あたごした》のさる大名家の中屋敷で賭場が立っていた。

「丁《ちょう》！」

「半《はん》！」

ほの暗い板の間に、熱の籠《こ》もった声が飛び交う。

群れ集った客の視線が、一斉に盆茣蓙《ぼんござ》へと吸い寄せられる。

伏せた壺《つぼ》が開けられるや、絶妙の間で骰子《さい》の目が読み上げられた。

「四一《しっぴん》の半っ!!」

嘆息と歓声が上がる中、茣蓙の上を駒札《こまふだ》が動く。

鮫鞘組の原口正吾は独り、先程から追い目——負けばかり続いていた。

「くそ……」

正吾は忌々《いまいま》しげに舌打ちをする。

取られてしまった駒札が、最後の一枚であった。

小型の鐚駒《びたごま》とはいえ、一枚が百文に当たる。十六文で屋台の蕎麦《そば》が食えるとなれば優に二日ぶんの小遣いにはなるだろう。

むろん安かろう額ではないのだが、賭場は通っているうちに感覚が麻痺《まひ》し、駒札を取ったり取られたりすることが日常と化してくる。

そのうちに採算が取れてくれば良いほうで、結局は尻《しり》の毛までむしられて帰ることになるのが落ちだった。

壺振りの手付きから丁目半目を読み、いかさまの可能性をも踏まえつつ目に――勝ちに転じることができるのは、場数を踏んだ玄人《くろうと》だけなのだ。賭場通いを始めて半年目の正吾に、まだ同じ真似ができるはずもない。着たきり雀《すずめ》の派手派手しい着流しと、これだけは手放さぬと決めた鮫鞘の大小の他にはもはや金目のものなど何ひとつ、手許に残ってはいなかった。

旗本の子といっても、正吾は部屋住みの次男坊だ。

六百石の家は三歳上の兄が継いでいる。

原口家の当主は代々、幕府の武官である大番組頭《おおばんぐみがしら》を務めている。いざ合戦となれば御先手組《おさきてぐみ》ともども幕軍の先鋒《せんぽう》を承《うけたまわ》るため、たとえ平時であっても御番入りに際しては槍《やり》の腕を試されるほど、武芸の技倆が重んじられていた。

兄は槍どころか剣術も甚《はなは》だ不得手であり、そのために亡き父は齢《よわい》六十近くなるまで出仕し続け、可愛《かわい》い嫡男《ちゃくなん》の稽古が進むまで時《とき》を稼いでいたものである。

他に後を継がせる男子がいなかったのならば、家代々の名誉の職を失わぬため躍起《やっき》になったとしても頷けよう。

正吾は心身共に健康でありながら、その存在は最初から無視されていた。

次男の自分のほうが、幼い頃から兄よりも遥《はる》かに腕は立つ。

刀槍《とうそう》の技倆だけではない。

弓《ゆみ》も柔術《じゅうじゅつ》も、亡き父以上の手練《てだれ》と周囲から認められていた。にも拘わらず、ほんの三年だけ兄より遅く生まれたというだけで家督も役職も継ぐことは許されず、部屋住みの身となるのを強《し》いられたのだ。

二年前に祝言《しゅうげん》を挙げた兄夫婦は、正吾に冷たい。

半年前に道場を破門される原因となった事件のときにも、怪我を負わせた同門の者に詫《わ》び料を支払うのを散々惜しみ、二度と無駄金を遣わせるなと言ったものである。

その折の言葉に違わず、兄夫婦は正吾が諸方の賭場で作った借金の面倒をまったく見ようとはしない。

ここ半年間の不行跡については見離されても致し方ないとしても、それ以前の日々にも部屋の調度品から食事の献立まで、すべて奉公人並みの扱いだった。

子どもの頃に稽古相手をさせるたびに、正吾からこっぴどく痛めつけられたことを今も根に持っているのではないか。

そう勘繰《かんぐ》らずにいられないほどの仕打ちだった。

「……くそ……」

誰にともなく、正吾はひとりごちる。

盆茣蓙の前に座したまま、虚空を見据えていた。

駒札がなくなれば速《すみ》やかに席を空けるのが賭場の作法なのだが、周囲の者は誰一人として注意を与えることができない。鮫鞘組の頭目としての悪名《あくみょう》は知らずとも、全身から漂わせる剣呑《けんのん》な雰囲気《ふんいき》に気圧《けお》されているのである。

と、正吾の肩が軽く叩かれた。

血走った目に映じたのは、長身の美丈夫の姿だった。

昼下がりに日比野左内と一触即発になったところを収めた、あの若者だ。

「そろそろ引き上げぬか」

高野軍平、二十歳。

正吾の幼なじみで、原口家と同じく大番組頭を代々務める家の長男である。

「帰りたいなら勝手にしろぃ」

正吾はまったく聞く耳を持たなかった。

とはいえ、もしも他の仲間が同じ真似をすれば只《ただ》では済まなかったことだろう。即座に殴り倒され、鮫鞘組から追放されるのが関の山だ。

傍若無人《ぼうじゃくぶじん》な正吾も、幼なじみの軍平に対してだけは大人しい。

それでも一緒に帰ろうとするには到らなかったが、そんな朋友《とも》の性分を軍平はもとより承知しているらしい。

「相分かった。されば、これを遣え」

差し出されたのは、ひと摑《つか》みの駒札だった。

「うむ」

正吾は軽く頷いただけで、手渡された駒札を受け取る。

多くを語らずに立ち去った親友の心づくしも、小半刻と保《も》ちはしなかった。


賭場の夜が更《ふ》けてゆく。

さすがに疲れた様子で、正吾は黙然と煙管《きせる》を吹かしていた。

中間部屋は二間続きになっている。

広い板の間に盆茣蓙が敷かれ、続きの畳の間が休憩所に充《あ》てられていた。火鉢には炭が絶えず熾《おこ》されており、酒と茶菓、鮨《すし》などが用意されている。

十畳ほどの休憩所には、他に誰もいない。

仮眠を取ったり歓談していた数名の客は正吾が入ってくるなり、一様に怯《おび》えた顔で盆茣蓙の前に戻っていった。

黙然と、正吾は紫煙をくゆらせる。

そこに一人の男が姿を見せた。

でっぷりとした短軀《たんく》を棒縞柄《ぼうじまがら》の袷《あわせ》に包み、綿入れの褞袍《どてら》を重ねている。陽春《ようしゅん》を迎えていても、夜の冷え込みは存外に厳しい。

「おお、寒い……」

男は大きな尻を火鉢の前に下ろし、分厚い手のひらをこすり合わせた。

正吾を恐れている様子など、微塵《みじん》もない。

それも当然のことだった。

勘三《かんぞう》、五十歳。

この屋敷の中間部屋を仕切る、古株の中間頭《がしら》だ。

勘三の賭場は市中でも大規模なものであり、動く金は大きい。本職の博徒一家とも付き合いは深く、江戸の裏社会でも力を持つ人物だった。

無頼を気取る正吾といえども、難癖をつけられる相手ではない。

愛想を言わぬ代わりに押し黙ったまま、煙管の雁首《がんくび》を竹製の灰吹きに打ち付ける。

かつんという音が、やけに高く響いた。

勘三の口元が、ふっと緩む。

「随分と負けが込んできなすったねぇ、原口の若様」

横目で見やりながら、胴間声《どうまごえ》で告げてくる。

「おぬしのところには、せいぜい五両がところであろう」

正吾は虚勢を張っていた。

どのみち、返すことができる額ではない。たとえ兄に泣きついたところで肩代わりをしてくれるどころか、いよいよ屋敷を追い出す口実にされるのが関の山だろう。

しかも、借りがある相手は勘三だけではなかった。

諸方の賭場で踏み倒したままの借財を合わせれば、一体幾らになるのか——考えるだけで嫌になる。

そんな正吾の心中を察したかの如く、勘三は躙《にじ》り寄ってきた。

「いつまでも放っておくわけには参りやせんよ、若様ぁ」

肉の厚い頬を綻《ほころ》ばせてはいるが、小さな目は笑ってはいない。

後がない若者を値踏みするように、冷たい眼差しを無遠慮に向けてきていた。

「まぁ、物は相談なんですがね……」

「何じゃ」

「若様のお腕前を見込んで、ひとつお頼みしてぇんでさ」

「用心棒か」

「いえ」

勘三は苦笑した。

「そのあたりの素浪人どもを端金《はしたがね》で雇えば済むようなことで、いちいち若様のお手を焼かせたりはいたしやせん。もうちっと大きな仕事でさぁ」

「申してみよ」

「じゃ、さっくりとお話しいたしやしょう」

勿体《もったい》をつけるのを止めるや《や》、勘三は小さな目を見開いた。

「お頼みしてぇのは、殺しでさ」

「殺し……」

「じじいを一人、亡骸《おろく》にしちまっていただきてぇんで」

「無礼者め。この俺を、直参と知っての言い種《ぐさ》か!?」

正吾は頬を引きつらせる。

我知らず、帯前《おびまえ》の脇差に右手が伸びていた。

刀は盆茣蓙に就《つ》く前に預けたままだったが、これほどの侮辱を受けたからには無礼討ちにせずにはいられまい。

「ま、落ち着きなせぇ」

今にも鯉口を切らんとしているのを横目に見ながら、勘三は些《いささ》かも動じなかった。

「何も五両がとこを帳消しにするだけで済ませようなんて、けちくせぇことなんざ考《かんげ》えちゃおりやせんよ。若様があっちこっちに拵《こしら》えなすった借りを、わっちがまとめてお引き受け申し上げようってんでさ」

「真実《まこと》か」

「へい」

勘三は胸を叩いて見せた。

「この勘三が申し入れりゃ、どこの親分も四の五の言ったりはしやせんよ」

「ふむ……」

「悪い話じゃないと思いやすぜ。ねぇ？」

下手《したて》に出ていながらも淀みのない、畳み掛けるような口調であった。

部屋に入ってくる者はいない。

火鉢の鉄瓶《てつびん》の鳴る音だけが、静まり返った部屋に流れる。

黙ったまま、正吾が煙管を取る。

刻《きざ》み煙草を詰める手が、微かに震えていた。

「もうひとつ、おまけして差し上げやしょうかね」

その手許から視線を逸《そ》らしつつ、勘三はおもむろに口を開いた。

「若様も、ずっとお部屋住みのまんまってわけには参りますまい。いっそ、こちらのお屋敷にご仕官なさいませんか」

「何」

正吾が息を呑《の》んだのも、無理はなかった。

直参の権威がどれほど高かろうとも、家督を継げなくては何の意味もあるまい。たとえ小藩でも大名家に仕《つか》えることができるとなれば、願ってもない話だった。

「見込みのねぇ話じゃありませんよ」

まじまじと見返す正吾に、勘三は微笑みかける。

「わっちも中間奉公を始めて長いもんでね。江戸雇いのご用人を振り出しに、お国許で要職に就きなすった方を幾人も存じ上げておりやす」

「……勘三」

しばしの間を置いて、正吾は問いかける。口調も表情も、いつしか真剣そのものになっていた。

「老爺一人で、構わぬのだな」

「若様のお腕前なら、据物《すえもの》斬りと同じでござんしょう」

答える勘三の顔には満面の笑みが浮かんでいた。

四

火鉢に炭が足された。

賭場の客は、朝まで張り続けようという気合いの入った者しか残っていない。

休憩所の畳の間で二人きり、正吾と勘三は膝を交えていた。

「まぁ、存分にやっておくんなさい」

勘三は手下の中間に新しい徳利を運ばせ、酌《しゃく》をしながら話を進める。

斬って欲しいという者の名は松吉《まつきち》。

当年六十歳になる、大工の棟梁《とうりょう》だという。

堅気の町民を手にかけるとなれば、闇《やみ》討ちにするより他にあるまい。

ところが、そう申し出た正吾に勘三は異を唱えた。

「そいつぁいけませんぜ、若様」

「何故だ」

「闇討ちってえのは容易《たやす》いように思われるかもしれやせんが、もし見付かっちまえば申し開きの仕様《しよう》がねぇ。含むところがあってのことと決めつけられりゃあ、言い逃れなんざできやしやせん。わっちはもちろん、原口の御家にまで累《るい》が及びますぜ？」

「ふむ……」

「ここはひとつ、若様のお立場を生かしていただくのがよろしいかと」

「何とせよと申すのだ、勘三」

「ずばり、無礼討ちでさ」

「埒もないことを……」

茶碗《ちゃわん》に注がれた冷酒を啜《すす》りつつ、正吾は苦笑した。

先程は怒りの余りに鯉口を切りかけた正吾だが、無礼討ちなど滅多なことでは成立しないと承知していた。

大坂の陣から二百年が過ぎ、乱世の遺風は疾《と》うの昔に絶えている。武士が町民を手にかければ理由の如何《いかん》を問わず、厳しく詮議《せんぎ》されるのが常だった。

よほどの恥辱を受けた上でのことならばともかく、往来で鞘当てをされたぐらいのことで軽々しく刃傷《にんじょう》沙汰になど及んでしまえば、斬った武士も罪に問われる。

大身の家ほど罪は重く、それこそ原口家は断絶の憂《う》き目にも遭いかねない。

「無礼討ちこそ、危ない橋を渡ることであろうぞ」

「まぁ、若様の申される通りなんですがねぇ……」

と、勘三は薄く笑いながら腰を浮かせた。

酌をするとき畳にこぼした酒を、懐中から取り出した手ぬぐいでそっとぬぐう。人を斬らせようという物騒な相談をしていながらも、存外に濃《こま》やかな質《たち》であるらしい。

「ちょいと、話を変えやしょう」

居住まいを正すや、勘三は続けて言った。

「このところ、ごろん棒どもを無礼討ちにしようとしなすったお武家が刀を取り上げられて、逆にこっぴどく痛めつけられるって事件《こと》が多いそうですね」

「うむ」

正吾も一度ならず、耳にしたことがある醜聞だった。

昨今は直参と陪臣《ばいしん》の別を問わず、真面目《まじめ》に剣術に取り組む武士が甚《はなは》だ少ない。熱中する稽古といえば、もっぱら歌舞音曲《かぶおんぎょく》の芸事ばかりである。

ために町民は武士を軽んじ、ごろん棒と呼ばれる無頼の徒の中にはわざと挑発して刀を抜かせ、奪い取って袋叩きにするという所業に及ぶ輩《やから》さえもいた。

もとより正吾たち鮫鞘組には斯様《かよう》な不覚を取る者などはおらず、縄張りとする両国広小路では界隈の地廻りどもを痛めつけて廻っている。むしろ侍狩りを働く連中を見つけ出して、成敗してやろうとさえ考えているぐらいであった。

「若様にしてみりゃ、お腹立ちのことでござんしょう」

「左様《さよう》。してやられたのは惰弱《だじやく》な者ばかりと申せど、同じ刀取る身の恥だからの」

それは正吾の偽りなき本音だった。

武士とは、強くなくては民の上に立つ資格などない。幼い頃から、そう思い定めて生きてきた。そんな正吾にとって昨今の武士、とりわけ同じ直参である旗本・御家人の惰弱ぶりは目に余るものであった。

己が兄にしても例外ではない。

満足に槍どころか刀も扱えぬ男が臆面《おくめん》もなく、嫡男というだけの理由で大番組頭の座に就いている。

このようなことが許されて良いとは、とても思えぬ。

むろん、武士を侮《あなど》る輩も許し難い。

今日の喧嘩騒ぎも、地廻りどもが正吾たちを『鮫革の二本棒』などと小馬鹿にしたのが始まりだったのだ。

斯様な奴原《やつばら》は斬り尽くしても構うまい。

そんな想いが我知らず、正吾の口を突いて出た。

「おぬしが斬れと申すが侍狩りの類いならば、何人でも引き受けるぞ」

「そうですかい！　そんなら、話も早いってもんでさ」

我が意を得たりとばかりに、勘三は分厚い手のひらを打ち合わせる。

ぱぁんという音が響いたが、板の間の盆茣蓙では丁半博奕が白熱しており、こちらを気にする者など誰もいなかった。

「静かにせい」

「すみやせん、若様」

すかさず窘《たしな》めた正吾に対し、勘三は照れ臭げに鬢《びん》を掻《か》いてみせる。少し雲脂《ふけ》じみてはいるものの、縮れぎみの髪にはまだ白髪一本混じってはいなかった。

「こっちからお頼みすることではございやすが、松吉ってのは若様がお手にかけるにふさわしい野郎なんですよ」

「では、武士の面目を潰す所業に及びし手合いだと……？」

「その通りでさ」

勘三は、速やかに経緯《いきさつ》を語った。

「暮れのこってござんすがね若様。松吉の奴ぁ、屋根を直しに出向いた先の料理茶屋でご直参を三人まとめて眠らせちまったんでさ」

暴力を振るって気絶させた、というのだ。

齢《よわい》六十の大工に、とても為し得ることではあるまい。

「されど、高齢なのであろう」

信じ難い様子で問うた正吾に、勘三は首を振ってみせる。

「元は村相撲の関取となりゃ、たいした図体でさ。御家人のお歴々は抜いた刀を振る う間もなく、張り手一発ずつで吹っ飛ばされなすったそうで」

「還暦《かんれき》前でそれほどの膂力《りょりょく》とは……凄腕《すごうで》だの」

「恥ずかしながら、うちの若え衆を差《し》し向けたって歯が立つもんじゃありやせん」

「成《な》る程《ほど》な」

それで勘三は、腕に覚えの正吾に斬らせようと思い立ったのだろう。

もとより、勘三が目の敵とするからには何か後ろ暗い理由があるに違いない。

だが、正吾は子細を深く問おうとはしなかった。

松吉なる大工が三名の御家人を昏倒《こんとう》させたというのが事実か否か、それさえ確かめ られれば、もはや迷う必要はあるまい。

大恥をかかされた御家人の家々では外聞を憚《はばか》り、ひた隠しにしていることだろうが 同役の間には当然ながら知れ渡っているはずだ。それに年末のことならば処分はすでに下され、悪くすれば閉門に処されているかもしれない。

どこの家なのかは定かでなくても、江戸市中の諸方に実家を持つ鮫鞘組の仲間たちに調べさせれば、裏を取るのは簡単な話であった。

「されば一日だけ待ってもらおうかの、勘三」

「それじゃ若様、明後日《あさって》にもお引き受けいただけるってんですかい？」

「うむ」

頷き返しつつ、正吾は立ち上がる。

その袖口に、勘三は懐紙包みを滑り込ませた。触って確かめるまでもなく、重みで数枚の板金《いたきん》がくるんであると分かる。

「ほんの気持ちでさ。もちろん御礼のほうは後からご存分にさせていただきやす」

「頼むぞ」

答える正吾の横顔に、迷いの色はなかった。

五

そして、翌々日の夕刻。

原口正吾の姿は、芝の路上に見出《みいだ》された。

芝は武家屋敷の多い地である。

とりわけ大名小路と呼ばれる通り沿いには、諸大名の屋敷が集中していた。

松吉という大工は、愛宕下の表店で娘夫婦と暮らしているらしい。

いかに無礼討ちとはいえ、住処《すみか》にまで乗り込むのは無体に過ぎる。そう判じた正吾は仕事帰りのところを、路上で待ち受けようと思い立ったのだ。

程なく現れた松吉は、聞いていた通りの巨漢だった。

身の丈《たけ》こそ並だが、腹回りが目立って太い。

それでいて足腰は引き締まっており、紺地の股引《ももひき》の上からでも筋の太さを見て取ることができた。

面体はと見れば、福々しい丸顔である。

子ども向けに売られている面を思わせる、人懐《ひとなつ》っこい造作をしていた。

だが、歩み寄っていく正吾は微笑みひとつ浮かべてはいない。

能面《のうめん》の如く、表情のない顔で歩を進めていた。

夕陽の差す大名小路は、家路を急ぐ者の通行が絶えなかった。

闇討ちを仕掛けるならば、もう二刻は待たなくてはならないところだろう。

だが然るべき理由あっての成敗に及ぶのならば、そうする必要はあるまい。

正吾は迷いのない足取りで、松吉との間合いを詰めていった。

「なんかご用ですかい、お武家様？」

目の前に立ったとき、松吉は不思議そうに問うてきた。

「左様……」

正吾は、じっと視線を合わせる。

対する松吉にしてみれば、気味の悪い振る舞いだった。

「お見かけしたところ、お旗本のご子息様のようでいらっしゃいやすが……俺なんぞに何のご用事で？」

松吉は、怪訝《けげん》そうに問いかける。

返されたのは、思いがけない一言であった。

「うぬが一命を以《もっ》て、我ら直参の受けし恥辱を雪《そそ》がせてもらう。往生せよ」

「な……」

絶句した松吉は、肩に担いだ道具箱を思わず取り落としそうになった。

それでも、鍛え抜かれた腰は容易には揺るがない。

脚をぐんと踏み締めるや、懸命に問い返す。

「俺が一体、何のご無礼を働いたってんですかい⁉」

しかし、対する正吾の答えは明瞭《めいりょう》なものだった。

「うぬは暮れに茅場《かやば》町の楽庵《らくあん》にて徒組《かち》の御家人三名を相手取り、張り手を喰らわせたのであろう？　すでに口裏は取れておる。派手な立ち回りだったそうだのぅ」

「そいつぁ、もう済んだこってござんしょう」

松吉は憮然《ぶぜん》と告げる。

難癖をつけられた理由が分かったことで、いよいよ腹が据《す》わったようである。

「あのお武家様がたはね、嫌がる芸者衆を無理やり引っ張っていこうとしなすったんですよ。それを俺がお諫《いさ》め申し上げたら、いきなり刀を抜かれちまったんで」

「して、張り倒したのだな」

「へい」

力強く、松吉は頷き返す。

そのとたん、道具箱が足元に転がり落ちた。

正吾の抜き打った一刀は、頑丈な木箱を両断しただけではない。

老いてなお逞《たくま》しい老爺の巨体に深々と、袈裟《けさ》がけの斬撃《ざんげき》を浴びせていたのだ。

「わっ」

「きゃあ」

異変に気付いた通行人たちが悲鳴を上げた。

「狼狽《うろた》えるでない。これは我ら直参が名誉のために為したる天誅《てんちゅう》であるのだぞ」

棒立ちになった人々を昂然《こうぜん》と見返しながら、正吾は血刀に拭《ぬぐ》いをかける。

足元に崩れ落ちた松吉は、もはや微動だにしてはいなかった。


江戸市中には寺社地と武家地、町人地が混在していた。

武家屋敷の集まる芝でも、愛宕下の日陰《ひかげ》町は町家の密集する一画だった。

家々の無双窓《むそうまど》から、夕餉《ゆうげ》の煙が漂い出ている。

味噌汁《みそしる》や澄まし汁の湯気に、魚の焼ける匂《にお》いも混じっていた。

大工棟梁の松吉の家でも、ちょうど夕餉の支度の真っ最中だ。

豆絞りの手ぬぐいを姉《あね》さん被《かぶ》りにした女が、台所で忙しく立ち働いている。

かね、三十歳。

松吉の一人娘である。

早くに女房を亡くした松吉が、男手ひとつで育ててきた愛娘《まなむすめ》だった。

父親に似ず細面《ほそおもて》で、体格も並外れて肥《こ》えてはいない。七つのときに流行《はや》り病で亡くなった母親は松吉が若き日に出入りしていた商家の末娘で、十代の頃には芝界隈でも評判の小町娘だったという。

かねは眉《まゆ》をきれいに剃《そ》り落とし、歯には鉄漿《かね》を付けている。

父親の許で修業をしていた大工と祝言を挙げて、今年で八年目になる。二階付きの表店となれば、男やもめの父親と同居しても息が詰まりはしない。

店賃《たなちん》は高いが、稼ぎの良い松吉のおかげで暮らしは安泰だった。

とはいえ、いつまでも甘え続けるわけにはいくまい。

当年六十歳になる松吉とは、来年に還暦を迎えるのを潮《しお》に隠居する約束を交わしてある。婿の徳松《とくまつ》もすっかり一人前となり、親子三人の生活を支えるのに不安はない。

それに、もうすぐ四人暮らしとなるはずだった。

かねのお腹《なか》は、着古した袷越しにもまるくふくらんでいると分かる。

お腹の子の育ちは順調そのものであり、梅雨《つゆ》が明ける頃には無事に産み月を迎えることができると医者も太鼓判を押してくれていた。

まさに、幸せそのものの一家である。

竈《へっつい》の大釜《おおがま》が湯気を立てていた。

お腹の子が安定してきたことで、かねは食欲が戻りつつあった。体を使って働く男二人に負けず劣らず食が進むため、飯が朝に炊く分だけでは足りないのだ。飯と汁が出来上がり、七輪《しちりん》の塩鯖《しおさば》も美味《うま》そうに焼き上がった。大根は男たちが帰宅してから下ろすことにする。

「今日はどっちの帰りが早いのかしらねぇ」

ひとりごちつつ、かねは酒器の支度に取りかかった。

燗《かん》をつける銅壺《どうこ》は、二合用と一合用に分かれている。

遅く帰ってきたほうが罰として、晩酌を一合きりで我慢することになる。

そう取り決め、徳松に承知させたのは松吉だった。

身重の女房を抱えているからには、どんなに忙しくてもてきぱきと仕事を算段して早上がりするように心がけるのが当たり前。

松吉はそう言い張り、初孫の誕生を今から心待ちにしていた。

「よいしょっと……」

片口《かたくち》に汲《く》んだ冷酒を、かねは銅壺に注ぎ分け始める。

と、表の腰高障子が慌ただしく開かれた。

「た、大変だよ、おかねちゃん……っ」

息せき切って駆け込んできたのは、顔なじみの自身番だった。

「どうしたのよ、おじさん？」

「落ち着きなよ……と、父《と》っつぁんが……」

苦しげにあえぎながら、中年の自身番は懸命に声を絞り出す。

「ぶ……無礼討ちにされちまったぁ!!」

「え」

片口が転がり落ちる。

足元にじわじわと広がる染みをそのままに、かねは茫然《ぼうぜん》とするばかりであった。

六

変死を遂げた者の亡骸は、最寄りの自身番か辻《つじ》番所へ運び込まれることになる。

大名小路で無礼討ちにされたという松吉は日陰町の家から数町離れた、大和柳生藩《やまとやぎゅうはん》の上《かみ》屋敷前の辻番所だった。

剣の柳生と世に謳《うた》われた、将軍家剣術師範の家である。

原口正吾は大胆不敵にも、その門前において無礼討ちに及んだのだ。

しかし、取り押さえられることはなかった。

正吾は出てきた柳生の家士《かし》たちに名乗った上で、悠々と立ち去ったという。己が為したことに恥じるところなどはひとつもない。そうとまで言い添えていったとのことだった。

「こいつぁ、意趣返《いしゅげえ》しってつもりだろうぜ」

駆け付けた奉行所の同心は、苦り切った表情を浮かべていた。

柳生藩は、すべてを町奉行所に委せるつもりらしい。

屋敷内に斬り込んできたならば話は別だが、ご直参が意地を通して為したることに大名家が関与するわけにはいかぬと、早々に町奉行へ申し伝えてきたのだ。

かと言って、奉行所に何ができるわけでもない。

こたびの一件は、松吉にとっては分《ぶ》の悪いことだった。

芸者衆に無体を働こうとしたのを止めるためとはいえ、刀を抜いた御家人を三名もまとめて張り倒したのは紛れもない事実なのである。

原口正吾が直参を代表して恥辱を晴らしたと申し立てている以上、異を唱えることはできなかった。

すでに正吾の身柄は原口家の当主——兄の預かりとなり、評定所の詮議を大人しく待っているという。

「つまりは、俺ら町方の手の届かねぇとこに行っちまったってわけさね」

役に立たぬ十手をぶら下げたまま、壮年の同心は気の毒そうに傍《かたわ》らを見やる。

父親の亡骸にすがりつき、かねは号泣するばかりだった。

その横に、ひょろりとした男が立ち尽くしている。目鼻立ちのきりっとした男臭い顔が真っ青になっていた。

徳松、三十八歳。

かねの亭主である。

松吉は婿を一人前の大工にするため贔屓《ひいき》をせず、別の棟梁に預けていた。もしも同じ普請《ふしん》場《ば》で働いていさえすれば、帰りも一緒になるはずだった。

「父っつぁん……」

つぶやく声は弱々しい。

しかし、握り締めた両の拳《こぶし》は小刻みに震えている。

無二の師匠であり、大切な義父であった松吉を理不尽に殺されたことに烈《はげ》しい憤りを覚えているのだ。

「どうにもなるめぇよ」

同心は皺《しわ》の寄った頰を歪め、困った顔をするばかりである。

もとより、鮫鞘組には手を焼いている。

仮にも直参の子弟たちに十手を向けるわけにはいかない。

しかも、原口正吾が引き起こした騒ぎは無頼漢相手の喧嘩どころではなかった。

直参の意地を唱えた上で為したことに下手に関わろうとすれば、この同心どころか町奉行まで御役御免にされてしまうだろう。

集まってきた近所の人々も、戸板の上の亡骸を拝むことしかできはしない。

気まずい沈黙の続く中、かねの泣き声ばかりが空しく流れる。

傍らに立った徳松は押し黙ったまま、きつく握った拳を打ち震わせていた。

すでに辺りは暗い。

「さ、早いとこ引き取りな。このまんまじゃ、父っつぁんもかわいそうだぜ」

同心に促された一同は高張提灯《ぢょうちん》の薄ぼんやりとした明かりに見送られ、戸板に載せた亡骸を悄然《しょうぜん》と運んでいくのだった。

「そうかい、松吉の野郎がくたばったかい！」

同じく愛宕下の大名屋敷で、知らせを受けた勘三は満面の笑みを浮かべていた。

一介の老大工をこれほどまでに付け狙ったのには理由がある。

賭場の骰子に仕掛けをして客たちから金を巻き上げるのを止めろと、松吉はかねてより談じ込んできていたからだ。

大工の棟梁は町火消の頭《かしら》などと同じく、町民社会の顔役である。とりわけ松吉は人望が厚く、愛宕下の人々から慕われていた。

なればこそ界隈の商家の旦那《だんな》衆も恥を忍び、いかさまでしてやられたことを素直に明かした上で、勘三をやりこめて欲しいと相談を持ちかけたのだ。

同じ界隈で顔役を気取っている勘三にしてみれば、面白くない。

それに稼ぐための博奕のことで難癖をつけられたとあっては、もはや生かしておくわけにはいかなかった。

「上手く行きやしたねぇ、お頭《かしら》」

小頭の甚六《じんろく》が、お愛想を言いながら褞袍を着せかける。

太り肉《じし》の勘三と違って鶴《つる》のように痩せた男だが、いかさま博奕と短刀《どす》さばきの腕前は手下たちの中でも抜きん出ている。

勘三は己が企みを甚六にだけは明かし、先夜にも原口正吾との密談の場に誰も入り込まないように見張りをさせていたのだ。

「当たり前よ。何とかと鋏《はさみ》は使いようってもんさね」

追従《ついしょう》の笑みを受けて、勘三はにたりと頰を緩める。

血の気の多い部屋住みをそそのかしての謀殺は、見事に功を奏したのであった。


その頃。

本郷の組屋敷に立ち戻った原口正吾は兄の監視の下、私室で謹慎していた。

謹慎といっても、身内のさせることである。

幼なじみの高野軍平が面会を申し出たのに、厳しい兄も否やは唱えなかった。

「よぉ」

敷居際に座した軍平に、正吾はひょいと片手を挙げてみせる。

明かりを落としていても、お互いに剣術道場での夜間稽古を通じて夜目が利くように鍛えた同士である。

原口正吾は何か吹っ切れたような、涼しい顔をしていた。

「貴様……」

軍平はその様を見て取るや、思わず声を荒らげた。

「人ひとり斬っておきながら、それは何とした態度かっ!?」

「知ったことか」

苦笑で応じつつ、正吾はうそぶく。

「おぬしのような恵まれし者に、儂《わし》のような真似はできまい。違うか？」

「正吾……」

軍平は絶句した。

たしかに、自分は幼なじみより恵まれた立場と言えるのかもしれない。

庶子《しょし》——妾腹《しょうふく》とはいえ高野家の長男であり、妹しかいないとなれば自分がいずれ家を継ぐことになるからだ。

父は幼い頃から文武両道に励んできた軍平に惜しみなく期待を寄せ、血が繋《つな》がっていない母親も、産後すぐに身罷《みまか》った生みの母のぶんまで慈《いつく》しみ育ててくれた。

それだけに半年前から正吾と徒党を組み、共に道場まで止めてしまって鮫鞘組などと称するようになったことに双親《ふたおや》も妹たちも驚き果て、嘆き悲しんでいた。

親不孝をしているという自覚は重々ある。しかし、兄弟にも等しく想う幼なじみを見捨てることは、どうしてもできなかった。

軍平が正吾と行動を共にしているのは、彼の身を案じればこそだったのである。

だが、その幼なじみがとんでもないことを引き起こした。

罪もない者を——手にかける必要など皆無のはずの老大工を無礼討ちにしたのだ。

気でも違ったのではないか。最初に話を聞いたときは、そう思った。

しかし、対面してみれば正気そのものであった。

口の端《は》に浮かべた微笑は、狂気の笑みとは違う。

軍平には想像もつかない、たしかな満足感に基づくものだった。

七

二月も末に差しかかった頃、原口正吾にお咎《とが》めなしとの沙汰《さた》が下った。

かねてより市中で無頼の町民が武士に難癖をつけ、抜かせた差料《さしりよう》を奪い取って乱暴を働くという由々しき事態が起きていたのは、公儀でも承知していたからだ。

かと言って、手を出した町民をいちいち罰していては幕府の体面に関わる。

ために彼らを咎めず、不覚を取った武士のみを士道不覚悟と見なして処罰してきたのだが、幕閣のお歴々も本音としては忸怩《じくじ》たるものだったと言えよう。

原口家の次男坊によって断行された無礼討ちは直参のみならず、世の武家の面目を大いに高める快挙と見なされたのである。

惰弱になって久しいと舐《な》められていた旗本八万騎の中にも、これほど剛の者がいると知れ渡ったからには、もはや無頼の町民も暴挙に及ぶことができなくなるだろう。

松吉の死は、いわば見せしめにされてしまったのだ。

だが身内を殺された者にとっては到底、納得のいく裁《さば》きとは言えまい。

「この手で父っつぁんの仇を……討ちたいんでさ」

気弱な武士に一刀必殺の剣技を伝授し、強敵を討ち果たす手助けをしたという噂《うわさ》を聞きつけた徳松が向柳原の日比野道場を訪ねてきたのは、原口正吾が無罪と決まった翌朝のことであった。


「一！　二！」

「一!!　二!!」

今日も徳松は道場に立ち、一心に木刀を振るう。

左内の指導の下、もう十日も通い詰めている。

子どもたちの稽古とは時をずらし、本来ならば左内が自分の稽古をする午前のうちに道場へ来させていた。

徳松は大工仕事を午後からにし、早朝から午《ひる》まで稽古に集中する。

その上達ぶりは、驚くほどに早かった。

大工は足腰が強く、かつ身軽でなくては務まらない稼業である。となれば、真剣を振るうための土台はすでに培《つちか》われていると言っていい。

また、日頃から道具を使いこなしているだけに手先も器用だった。刀を振るう手の内の飲み込みも、実に早い。

しかし、左内は釈然としない思いを抱えていた。

たしかに稽古は進んでいる。

それが持ち前の体力と器用さに加えて、義父の仇を討たんとする一念の為せる業だということも理解できていた。

だが、徳松が仇討ちを果たそうとすれば間違いなく命を捨てることになる。

原口正吾との勝ち負けという意味だけではない。

もしも本懐《ほんかい》を遂げたとしても、間違いなく徳松は死罪に処される。

これが理由なき闇討ちへの報復ならば公儀にも慈悲があろうが、直参の面目を施すために松吉を斬ったという理由が成立した以上、正吾は庇護されるばかりだ。

徳松を死なせたくはない。短い間にせよ、門弟として迎えた者を無下《むげ》に死地へ追いやることなどできるものではなかった。

そんな左内の胸中を知る由もなく、徳松は懸命に素振りを繰り返している。

床板を踏む足は力強く、両の肩も軽やかに回転している。

左手を主、右手を従とする手の内の基礎も出来上がっていた。

この調子ならば、本身を持たせても十分に使いこなせることだろう。

されど、そうさせても良いものか——。

左内は考えあぐねるばかりだった。


「ありがとうございやした、先生」

稽古を終えた徳松は、持参の道具箱を担いで土間に立つ。

これから軽く昼餉を摂り、普請場へ直行するという。

身重の女房のことは近所のおかみさん連中に頼んでいるとのことだが、今は仇討ちのことで頭が一杯のようだった。

「足など踏み外さぬようにな」

「気を付けやす」

礼儀正しく一礼し、徳松は出て行った。

見送る左内の表情は浮かない。

それでも、午後からの稽古を休むわけにはいかなかった。

「さて……」
気を取り直して、神棚の前に立つ。
自分もしばしの間素振りをし、心を落ち着かせよう。そう思い立ったのだ。
床はきれいに拭き浄められている。
道場の雑巾がけは、帰り際に徳松が済ませていってくれた。
神前で立礼し、左内は木刀を中段に取る。
と、目の隅に人影が映じた。
「？」
無双窓の向こうに立っていたのは、見慣れぬ武士だった。
網代笠《あじろがさ》で顔を隠しているが、肩の張りから年若いと見て取れる。
先程から気配を抑えて、こちらの様子を窺《うかが》っていたのだ。
気付かぬ振りをし、左内は素振りを始めた。
五百まで数えた頃、武士は窓辺から離れていった。
左内は無言で木刀を収め、道場を後にする。
子どもたちが集まってくるまで、まだ小半刻ほどの間があった。

路地を抜けて表通りに出れば、そこはもう神田川である。

網代笠の若い武士は、川端に悄然《しょうぜん》とたたずんでいた。

「率爾《そつじ》ながら、よろしいですか？」

「何じゃ」

おもむろに呼びかけた左内に、武士は背中を向けたまま答える。今日は袴《はかま》を着けているが、鍛え抜かれた長身に見覚えがあった。

「貴公ほどのお腕前ならば、五坪の道場に入門なされる必要などございますまい」

「訳が分からぬの」

「されば、何故に見ておられたのです？」

鋭い問いかけに、武士は答えなかった。

その代わり、すっと網代笠を取る。

無頼の一党に加わっているとは思えぬ、高野軍平の涼しい目元が露《あら》わになった。

「浪々の身とは、げに羨《うらや》ましきものだな」

「そう思われますか」

「うむ」

太い眉を顰《しか》め、軍平は川面《かわも》に視線を落とす。

神田川を荷船が行き交っている。

その様を眺めやりつつ、左内は言った。

「生々流転《しょうじょうるてん》……そう心得て生きておれば主持《しゅもち》であろうとなかろうと大事ないかと」

「成る程」

「貴公ならば、斯様に生きられるのではありませぬか」

「できぬ」

軍平は頬を歪ませた。

「無二の友を放り出して、家督などは継げぬよ」

「……原口殿のことですか」

「判るのか」

「鮫鞘組とやらに加わっておられるのも、あの御仁を見捨てられぬがため。そういうことなのでありましょう」

「……うむ」

たゆたう川面に目を向けたまま、軍平は背中越しに答える。

「あやつは小さき折には泣き虫でのう。兄ばかりが可愛がられて悔しいと、いつも俺にこぼしておったものよ。それが剣の才に恵まれておると気付くや、憑《つ》かれたように稽古に打ち込み……力より他に頼るものはないと、豪語するまでになりおった」

軍平はまた苦笑した。

対する左内にとってみれば、身勝手きわまりない話である。

「それを諫めるのが、幼なじみというものではありませぬか」

「左様。間に合わなんだがな」

左内の険しい一言に、軍平は弱々しく頷く。逞しい肩に、切なさが滲《にじ》んでいた。

続けて言い立てることもできず、左内は沈黙した。

この若者は、原口正吾のことを心から思い悩んでいる。

どうすれば良いのか、考えあぐねていたのは左内だけではなかったのだ。

しかし、軍平にはまだできることがあるはずだ。

そう思い定めたとき、左内は我知らず口を開いていた。

「竹馬の友のため、貴公は命を懸けられますか」

「何と申す？」

「死に急がんとする男を一人、私は救ってやりたい。そのためには、原口殿に二度と刀を握らせとうはないのです」

「腕を断つというのか」

「お気の毒なれど、いっそ刀など振るえぬ身になられたほうが御為《おため》になるかと」

「そのため、俺に正吾と立ち合えと？」

軍平は思わず振り向いた。

左内が何を言わんとしているのか、察しがついたようである。

町民の徳松が挑めば、勝敗の如何《いかん》に拘わらず重罪に問われる。

されど、同じ直参同士で対決するならば何も問題はない。

徳松の存在に気付いた正吾が、先んじて返り討ちにしようなどと思い立たないうちに何とかしたい。左内は、そう願い出たのだ。

もしも軍平にできぬとなれば自分が立つより他にないのであろうが、それは難しいことだった。

もとより、真剣勝負を恐れたりはしない。しかし、刀を遣えなくされた正吾が公儀に訴え出て左内が召し捕られれば、自身の仇討ちができなくなってしまう。

彼もまた、父親の仇を討たねばならない身の上なのだ。

この若者をもしも口説き落とすことができなかったときは、闇討ちを仕掛けるより他にあるまい。左内はそう思い定めていた。

「……正吾は強い。立ち合えば、まず俺と五分五分だろう」

しばしの沈黙の後、軍平はつぶやいた。

「双方とも無事では済むまい。腕の一本では片は付くまいよ」

「では……」

「おぬしが挑んでも同じことだろう」

「されど、貴公が為し得ぬとなれば！」

「止めておけ。いや、手を出すな」

軍平の声音が、急に高くなった。

「左様……あの大工を仇討ちに赴かせぬためには致し方なかろうよ。うむ、そういうことなのだな」

「貴公」

左内は戸惑っていた。

答える軍平の態度は、一転して明るくなっている。

なぜ吹っ切れたのか、左内にも判然としない。

だが、約する口調は偽りなど感じさせない、力強いものであった。

「今宵早々に参ると致そう。おぬしにも、あの大工を連れて出向いてもらおうか」

「……よろしいのですか」

「心得違いを致すでないぞ。俺は正吾のため、己がためにそうしたくなったのだ」

微笑みをひとつ残し、軍平は踵を返す。

陽光の差す川端に、左内はしばし立ち尽くしていた。

八

その夜。

高野軍平が知らせてきた決闘の場は、千住《せんじゅ》のはずれであった。

彼らの組屋敷からは本郷追分《ほんごうおいわけ》を経て半刻とはかからぬ場所だが、荒涼とした無人の野原である。

幼なじみの呼び出しでもなければ、原口正吾が現れそうもないところであった。

「どういうこってす、先生？」

訳も分からず左内に連れてこられた徳松は、混乱していた。

目指す仇が目の前に現れたかと思えば、同じ直参と思《おぼ》しき若者がもう一人、宵闇に包まれた荒野に推参したのだ。

「軍平、おぬし……」

混乱を来《きた》していたのは正吾も同じことだった。

「長い付き合いもこれまでだ、正吾」

対する軍平は毅然としている。

「積年の友として申し入れる。俺と真剣で立ち合え」

「ば、馬鹿を申すなっ」

「俺は本気ぞ」

「おのれ……」

正吾は血相を変えた。

冗談を言われているわけではないと理解したのである。

身を伏せている左内と徳松に、正吾は気付いていない。

左内が速やかに提灯を吹き消したせいでもあったが、真剣勝負を所望されたことで頭にすっかり血が上ってしまい、二人の気配を感じ取ることができずにいた。

「早う支度せい」

軍平は淡々と告げつつ、羽織を脱ぎ捨てた。すでに革襷《かわだすき》を掛けている。

「くっ」

歯嚙《が》みしながら、正吾は佩刀《はいとう》の下緒《さげお》を外す。

襷掛けをし、袴の股立《ももだ》ちを取るのを軍平は無言で待っていた。

二人は同時に鞘を払った。

草むらを蹴《け》立て、一気に間合いを詰めていく。

漆黒の闇の中、高らかに金属音が上がった。

正吾の打ち込んだ刃を、軍平は鎬《しのぎ》で受け止めている。

嚙み合った刀と刀が、ぎちっと鳴る。

軍平は五指を揃え、下から支えるように柄を握っていた。

止め手と呼ばれる手の内である。

「おのれぃ」

正吾は、渾身《こんしん》の力で押しこくる。

耐える軍平の頬を、一筋の汗が伝い流れた。

「う……ぬ……」

軍平は低く呻《うめ》いた。劣勢に陥りながらも、まだ闘志を失ってはいない。

「言いたいことがあるならば、はきと申せい」

「されば……申すぞ」

吠《ほ》える正吾に、軍平は低い声で告げた。

「おぬしは甘い……大甘じゃ」

「何ぃ」

「己独りが世の不幸を一身に背負っておるかの如き顔をして……何が武士かっ」

「吐《ぬ》かせっ」

怒りが募《つの》ったとたん、押しこくる力が弱まる。

その機を逃さず、軍平は合わせた刀を一気に押し返した。

「うわっ!?」

堪《たま》らずよろめいた瞬間、軍平は鋭い一閃《いっせん》を浴びせた。

血飛沫《ちしぶき》が飛ぶ。

正吾は左の二の腕を裂かれていた。

刀を扱う軸手を傷つけられたとなれば、戦力は半減する。

だが、軍平はそれで終らせようとしなかった。

「往生せいっ」

声高く宣しながら、血濡れた刀を八双《はっそう》に振りかぶる。

「くそ!!」

恐怖に頬を引き攣《つ》らせつつ、正吾は右手一本で突きを見舞う。

狙いは違《たが》わず、軍平は脾腹《ひばら》を刺し貫かれた。

それでも動きは止まらない。

「吾《われ》と共に死ね!!」

声を限りに叫びを上げるや、袈裟斬りの一刀を振り下ろす。

斬り倒された正吾が事切れたとき、軍平も崩れ落ちていた。

徳松は声もない。

左内が再び点《とも》してくれた提灯の光で信じ難い光景を目の当たりにし、訳が分からぬまま絶句していた。

強張《こわば》った肩に、左内はそっと触れる。

「おぬしの仇は果てた。これで良いな」

「先生……」

「すべてを忘れることだ。さもなくば、あの御仁が浮かばれまい」

告げる左内の横顔に、深い哀しみの色が滲んでいた。

若い二人の旗本が横死《おうし》してから、数日の後。

主家の用事で麻布《あざぶ》まで外出した勘三は、お供の甚六ともども微醺《びくん》を帯びた顔で帰り道を辿《たど》っていた。

「これで一安心ですねぇ、お頭」

「ああ」

勘三は上機嫌だった。

原口正吾が落命したことは、すでに耳に入っている。

厄介払いができて、もっけの幸いと喜ぶことしきりであった。

もとより、あの小生意気な若造を仕官させる気などは毛頭なかった。借金を帳消しにしてやるだけで話をはぐらかし、もしも逆上したときは諸方の賭場の親分衆に声をかけて襲い、亡き者にするつもりだったのだ。

しかし、もはや荒事に及ぶ必要はない。

守《も》り役よろしく、いつも正吾に付き添っていた若い旗本がご親切にも、あの世まで連れて行ってくれたからだ。

「世の中にゃ酔狂な野郎がいるもんだな」

「まったくでさ」

甚六は、ひっひと笑う。

と、その下卑《げび》た笑い顔が凍りついた。

月光の下に、二刀を帯びた影が伸びている。

「何だ、てめぇ!?」

手にした提灯をかざした甚六の耳朶《じだ》を、凛とした声が打った。

「おぬしが如《ごと》き外道《げどう》に、名乗るには及ぶまい。ふざけた芝居を打ちおって」

「何ぃ……」

歯を剝《む》いた甚六の目に、対手の姿が映じる。

腰にしていたのは、信じ難いほど長い刀であった。

優に三尺を超えている大太刀《おおだち》を閂《かんぬき》に帯びた男は、ずんずん間合いを詰めてくる。

歩みを止めた二人の前に立つや、男——日比野左内は低い声で宣した。

「鮫鞘組の若者たちがすべて教えてくれたぞ。うぬらが命では引き合うまいが、あの世で松吉に詫びてもらおう。高野殿と原口殿に成り代わり、引導を渡して遣わす」

「吐かせっ」

短刀を腰だめに構えて突きかかったとたん、甚六は血煙を上げた。

内懐に踏み込む余裕もなく、一刀の下に斬り倒されていた。

迅速の抜き打ちであった。

三尺余の大太刀を、左内は瞬時に鞘走らせたのだ。

柄を握った右手だけで為したのではない。
鯉口に添えた左手を存分に引き絞り、一挙動で抜き打ったのである。
月の淡い光に切っ先が伸びた、血濡れてもなお優美な箱乱《はこみだれ》の刃文が浮かび上がる。
辻村兼若《つじむらかねわか》――。
左内が生まれ育った金沢城下で、稀代《きたい》の銘刀とされる一振りだ。
大太刀と中太刀、そして脇差。
左内の所持する刀はすべて、郷里の名工が手がけたものだった。
見た目が美しいだけではない。
その切れ味も、中条流を修めた左内の技倆を引き出して余りあるものであった。
「次はおぬしだ!」
鋭く告げつつ、左内は疾駆する。
「わわわっ」
あたふたしながら逃げ去ろうとした勘三との間合いが、たちまち詰まっていく。
長尺の刃が、ずんと繰り出された。
「う!?」
勘三が四肢を突っ張らせる。

存分に刺し貫いた刃を引き抜くと、返す刀が間を置くことなく振り下ろされた。

袈裟がけの斬撃を浴びた外道が、冷たい路上に打ち倒される。

そのときにはもう、勘三は事切れていた。

左内は淡々と拭いをかけ、大太刀を納刀する。

抜いたときと同じく一挙動で、速やかに鞘に納めていた。

まさに通り魔の如き闇討ちだったが、振るった理由は筋が通っていた。

左内は決着をつけたのである。

己を見失っていた若者をそそのかし、罪もなき松吉を葬り去った外道を誅《ちゅう》したことを何ら悔いてはいなかった。

九

かねてより悪い噂の絶えなかった中間頭と小頭の変死は、藩邸でも表沙汰にされることなく処理された。

左内が手を下したとは露見せぬまま、物盗りの仕《し》業《わざ》と判じられたのである。

二人の悪党の死を、決闘の末に果てた若い旗本たちの最期と関連づけて疑う者は誰もいなかった。

徳松夫婦も、その点は同様であった。

「ありがとうございました、先生」

道場を訪ねてきた徳松は、深々と頭を下げた。

「お内儀は大事ないか？」

「おかげさまで、無事に産み月を迎えることができそうです」

答える徳松の表情には、明るさが戻っていた。

「それは重畳……」

応じて、左内は晴れやかに微笑み返す。

その微笑みの裏に、深い哀しみが隠されていることを徳松は知らない。

己が為したことを、左内は彼に伝えていなかった。

敢《あ》えて明かす必要はあるまい。

また、胸を張って言うことはできないと思い定めてもいた。

左内は外道を斬った。

だが、死した者たちは二度と戻ってこない。

原口正吾、高野軍平、そして松吉。

彼らが生きている間に救えなかったことを、左内は悔いていた。

とはいえ、いつまでも懊悩《おうのう》し続けているわけにはいくまい。

死せる者を想うばかりでは、人は生きていけないのだ。

徳松夫婦は新しい命を授かっている。

生まれてくる子の名は松吉にすると、夫婦は取り決めているという。

「親子三人、達者で暮らすのだぞ」

「へい」

左内の励ましに頷き返し、徳松は帰ってゆく。

父親として生きようという気概が、去り行く背中に満ちていた。

第三話　漢《おとこ》の気概

一

二月のうちに、元号は「文化《ぶんか》」と改められた。

今日は文化元年三月三日（陽暦四月十二日）、桃の節句である。

女の子がいる武家では座敷に緋毛氈《ひもうせん》を敷き詰め、美々《びび》しい衣裳の人形たちを所狭しと飾り立てるのが常だった。

町場で同じような真似《まね》ができるのは、ごく一部の富裕な者だけだ。

大方の家では雛壇《ひなだん》を設け、限られた空間に内裏《だいり》人形、三人官女《かんじょ》、五人囃子《ばやし》と順々に買い揃《そろ》えていくことになる。

それでも人形が購《あがな》えるだけ、まだ裕福と言えるだろう。

日比野左内が住まう裏店《うらだな》の少女は皆、自分で雛人形を拵《こしら》える。

衣裳は余り布を母親にねだり、たどたどしい手付きで縫い上げる。

みすぼらしいと言ってしまえばそれまでだろうが、本来は殿上人《てんじょうびと》の姿を模したものであるはずの雛人形が洗い晒《ざら》した手ぬぐいやら腰巻きなどの切れっ端で仕立てた装束を神妙に着ている様《さま》というのも、なかなかに野趣があって面白い。

朝餉《あさげ》を済ませた少女たちはお手製の人形を持ち寄り、自慢げに見せ合っていた。

「あたちのめびな、かわいいでしょ？」

「なに言ってんの。あたしのおひなさまが一番だよぉ！」

きゃっきゃと笑いながら、飽くことなく見せっこしている。

貧しい暮らしを送っていても、満足感は工夫次第で幾らでも得られる。お大尽《だいじん》の目には薄汚い布細工としか映らないことだろうが、この子らにとっては手ずから拵えた自慢の一品なのだ。

「春だなぁ」

朝稽古《あさげいこ》を終えた左内は、井戸で水を汲《く》みながら微笑《ほほえ》む。

先月までは刺すように冷たかった水も、程よく温《ぬる》んでいた。

日に日に暖かさは増している。

梅、桃ときて、いよいよ江戸は桜の時期を――春本番を迎えていた。

二

その夜。

京橋川《きょうばし》を越えて築地《つきじ》へと向かう、一挺《ちょう》の乗物が見出《みいだ》された。

武家でも高い立場の者だけが用いる、専用の駕籠《かご》である。

担《かつ》ぐのは陸尺《ろくしゃく》と呼ばれる、お抱えの小者たちだ。

進み行く乗物の前後左右を、四人の侍が固めている。

どの者も佩刀《はいとう》の鍔《つば》に左手を添え、刀身を持ち上げるようにしていた。

こうすれば帯刀《たいとう》したまま駆けるのも苦ではなくなり、屈強の陸尺と足並みを揃えることもできるのである。

江戸湾を吹き渡る夜風が、潮の香を運んでくる。

魚市場が日本橋から築地に移転するのは、昭和の世に至ってからのことだ。

文化元年現在の築地は主に大名家の屋敷が集められた、閑静な武家地であった。

新月の淡い光の下で、一行は粛々《しゅくしゅく》と夜道を辿《たど》る。

左手に本願寺《ほんがんじ》の表門が見えてきた。右手の堀からは、たゆたう波音が聞こえてくるばかりだった。

「む！」

先導する侍の足が、不意に止まった。

闇《やみ》の向こう――本願寺の方向から、胡乱《うろん》な一団が殺到してきたのである。

頭数は五名。どの者も提灯《ちょうちん》は持たず、鉢巻《はちま》きと革襷《かわだすき》を着けている。

こちらの明かりを目指して駆けてくる一団は、右肩に刀を引っ担いでいた。

襲撃するときは、あらかじめ抜刀しておけば慌てずに済む。

とはいえ、誤って味方を傷付けてしまっては元も子もない。

ために切っ先を斜め上に向け、肩に担ぐのである。

切っ先を前に向けたままで駆けていれば危険だが、こうしていれば安全なのだ。

抜き連ねられた刃が提灯を照り返し、剣呑《けんのん》にぎらぎら光っている。

「わっ、わっ」

「こいつぁいけませんぜぇ」

二人の陸尺が騒ぎ出す。

いずれも最近になって雇い入れた、辻《つじ》駕籠屋あがりの者だった。いざというときの度胸が、まるで据わっていない。

担いだ乗物がぐらぐら揺れる。

と、そのとき。

「騒ぐでない！」

乗物の中から、野太い声が放たれた。

剣術の気合いにも似た、鋭い声色であった。

たちまち、乗物の揺れが止まる。

陸尺たちが大人《おとな》しくなるや、声の主はすかさず命じる。

「苦しゅうない。早《はよ》う降ろせ」

有無を言わせぬ口調だった。

「ご、ご家老っ」

「そのまま、お出になられますな！」

左右を固めた若い侍が、慌てて止める。

しかし、乗物の主は聞く耳を持たない。

「陸尺ども、早うせい!!」

「へ、へいっ」

一喝された二人の陸尺は、あたふたと引き戸を開けて履物を揃える。

颯爽《さっそう》と夜道に降り立ったのは、六十絡みの老武士だった。

夜目《よめ》にも見事な銀髪を、太々と結い上げている。

どんぐり眼《まなこ》で大きくえらの張った、見るからに気の強そうな造作の持ち主だ。身の丈《たけ》は五尺そこそこと小柄だが四肢《しし》は太く、がっちりとした体付きをしていた。

「慮外者《りょがいもの》どもめが。目に物を見せてくれようぞ」

うそぶく武士の両眼は、炯々《けいけい》と光り輝いている。

襲撃に対し、些《いささ》かも動じていない。

「うぬらは提灯を持てい。ゆめゆめ落とすでないぞ」

おびえる陸尺たちにそう告げながら、乗物の中で抱えていた刀を左腰に帯びる。

菱形《ひしがた》に巻かれた木綿《もめん》の柄糸《つかいと》は、革かと見紛《みまご》うほどにつやつやしている。ふだんから手慣らしていることの証しであった。

護衛する面々も、いつまでも気を揉《も》んでいる閑《ひま》はない。

周りは、すでに胡乱な一団に取り囲まれていた。

四人の侍は抜いた刀を中段に構えて、老武士を護《まも》らんとしている。

二人の陸尺は、停めた乗物の後ろに隠れるようにしてへばりつく。

それでも命じられた通りに提灯を掲げるのは忘れておらず、仁王立ちした老武士の周囲をしっかりと照らしていた。

「お命頂戴仕《ちょうだいつかまつ》りますぞ、ご家老」

竹田頭巾《たけだずきん》で面体《めんてい》を隠した一団の中から、頭目《とうもく》と思しき者が呼びかけてくる。

この男たちは老武士を討《う》つために放たれた、刺客《しかく》なのだ。

「やれるものなら、やってみぃ」

応じながら、老武士は不敵な笑みを浮かべた。

どんぐり眼を細めているのは、老眼で見えにくいためらしい。それでも陸尺たちが提灯を掲げてくれていれば、迫り来る敵の姿を捕捉《ほそく》するのは可能であった。

「御免《ごめん》！」

覆面の刺客が二人、同時に斬《き》りかかってきた。

刹那《せつな》、金属音が続けざまに上がった。

護衛の侍たちが阻《はば》むより一瞬早く、前へ出た老武士が凶刃を打ち払ったのだ。

「わっ」

「ううっ」

二人の刺客が驚愕《きょうがく》の呻《うめ》きを漏らした。

いずれも左手の甲を裂かれている。浅手《あさで》とはいえ、刀を振るう軸手《じくて》を傷付けられたとあっては、もはや十全には戦えまい。

「おのれっ」

走り出てきた新手《あらて》を、動じることなく老武士は迎え撃つ。

重たい金属音が上がるや、提灯に血飛沫《ちしぶき》が散った。

「むむ!?」

よろめく刺客の足元に、鮮血が滴《したた》り落ちていく。

「大したことがないのう。うぬも討手に選ばれし身ならば、しっかりせい」

悠然《ゆうぜん》とうそぶきつつ、老武士は血濡《ちぬ》れた刀を八双《はっそう》に取る。

袈裟《けさ》に斬りかかってきたのを横一文字にした刀身で受け止めるや、押し返しざまに刺客の頬《ほお》を覆面ごと切り裂いたのだ。

小さな体のどこに、これほどの力が秘められているのだろうか——そう思わずにはいられないほど、迅速かつ力強い刀さばきだった。

五尺の短躯《たんく》から迸《ほとばし》り出る闘志に、刺客団は完全に気圧《けお》されていた。

「か、かかれぃ」

頭目が下知《げち》しても、残る一人は膝《ひざ》をがくがくと震わせるばかりだった。

怯《おび》えるのも無理はないだろう。

味方はすでに三人まで手傷を負わされてしまっている。対する老武士と護衛の面々はといえば、まだかすり傷ひとつ受けてはいないのだ。

「ひ、退けっ」

頭目の判断は速やかだった。

刺客たちは刀を引っ担ぎ、我先にと走り去っていく。

「やれやれ、とんだ桃の節句になったわい。ははは……」

大笑しながら老武士は抜き身に拭《ぬぐ》いをかける。

塩谷《しおや》隼人《はやと》、六十歳。

さる大名家の江戸家老を務める要人でありながら、若き日に家中最強と謳《うた》われた剣の腕を今も保ち続けている手練《てだれ》だ。

襲撃されるのは、何も今宵に始まったことではなかった。

国家老一派が画策した御上《おかみ》（藩主）毒殺の企みを未然に防いで以来、隼人は二日と明けず襲われていた。

しかし、一度として後《おく》れを取ってはいない。

今宵のように護衛の者たちが刀を振るう間もなく、自らの手で撃退しては大笑するばかりなのだ。

「さて、参ろうぞ」

鞘に納めた刀を手に、隼人は一同を促す。

陸尺が速やかに引き戸を開けた。

若い護衛の面々は一言もなく、恥じ入った様子で乗物の周囲に付く。

これでは、何のための警固役なのか分かりはしない。そう考えているのだ。

いつも自分たちが身を挺《てい》するより早く、隼人は自ら撃って出てしまう。御身《おんみ》を大切にしてくだされなどと余計なことを言えば、逆にこっぴどくやり込められてしまうと承知してもいた。

だが、このままでは配下としていたたまれまい。

恥じ入る面々の中で唯一、乗物の後ろで笑みを浮かべている者がいた。

若い朋輩《ほうばい》たちに対し、一人だけ齢がいっている。隼人と同世代、あるいは少し年上と見受けられた。

身の丈は隼人と同じぐらいであるが、頬がまるくて福々しい。見るからに好々爺《こうこうや》といった感じだった。

「まったく、困った御方じゃ……」

小声でつぶやきながらも、どこか嬉《うれ》しげである。

金子作左衛門《かねこさくざえもん》、六十一歳。

隼人に子どもの頃から仕えている、塩谷家の家士であった。

三

天下太平の世では家臣自身が主君に取って代わる下克上《げこくじょう》など、まず有り得ない。その代わり藩主を密かに亡き者にして、意のままに動かすことのできる幼君を擁立《ようりつ》するといった企みは、諸大名の家中で人知れず行われていた。

塩谷隼人が摘発したのも、かかる陰謀だったのである。

藩主の謀殺《ちゅうさつ》こそ阻止したものの、まだ完全に決着が付いたわけではなかった。同じ家老職に在《あ》る者を、確たる証拠もなく捕えることはできないからだ。

隼人と敵対する黒幕は十日前に国許から出府してきて以来、のうのうと同じ藩邸内で過ごしている。

そして表向きは涼しい顔で挨拶《あいさつ》など交わしつつ、飽《あ》くことなく機を狙《ねら》っては刺客を送り込んでくるのだ。

多くの藩士は与《あずか》り知らぬ水面下で、暗闘は果てることなく続いていた。

暗殺失敗の報は、私室で書見台《しょけんだい》に向かっていた国家老へ早々にもたらされた。

「仕損じただと……？」

灯火の下で悔しげに歯嚙《はが》みする横顔は、まだ若い。

短軀の塩谷隼人とは正反対で、ひょろりと背が高かった。

酒井重蔵《さかいじゅうぞう》、四十八歳。

家老としては若手であるが、それだけに野心も大きい。高齢の藩主に世子《せいし》（嫡男《ちゃくなん》）がいないのに付け込み、自ら主君の側室に孕《はら》ませた男児をお世継ぎとして担ぎ出そうと目論《もくろ》むとはつくづく大胆不敵だが、これも若さ故《ゆえ》の暴走と言うべきなのだろう。

「役に立たぬ者共め。とっとと国許へ帰れい」

「はっ……」

返す言葉もないままに下がっていく刺客団の頭目に、重蔵は目もくれなかった。

隼人への襲撃は、すでに三度にも及んでいた。

しかし、まったく功を奏していない。

聞けば護衛の者が手を出す間も与えることなく、隼人は自ら刀を振るって刺客たちを撃退しているという。

「くそじいめ」

重蔵の血走った目に、もはや漢籍《かんせき》の文字は映っていなかった。

腰を上げ、せわしなく部屋の中を歩き回り始める。

塩谷隼人が生きている限り、我が身は危ない。

このまま放っておいては遠からず証拠を固められ、糾弾《きゅうだん》されることだろう。一日も早く手を打たねば、詰め腹を切らされるに違いあるまい。

「腹など切りはせぬ……せぬぞ……」

つぶやく重蔵の語尾は震えていた。

権力を握るために主君の側室を寝取り、さらには主《あるじ》の一命をも縮めようと考える手合いにしては、度胸が据わっていないようである。

女たらしらしく見目形《みめかたち》こそ良いが足腰は頼りなげで、まったく鍛えられていない。もしも隼人と一対一で立ち合えば、たちどころに倒されてしまうであろうことは目に見えていた。

「……ん？」

ぎりぎりと歯嚙みする重蔵の耳に、障子の開く音が聞こえた。

「訪《おとな》いも入れず、無礼であろう！」

「失礼仕った」

入ってきた男は、金切《かなき》り声を浴びせかけられながらも涼しい顔をしていた。

藩邸詰めの勤番士《きんばんし》ではない。

黒染めの袷《あわせ》に袖無《そでな》しの羽織を重ね、細身の馬乗り袴《ばかま》を穿《は》いている。

月代《さかやき》を伸ばし、総髪にしている。

中背ながら肩幅は広く、筋骨逞《たくま》しい。

細面《ほそおもて》に大きな双眸《そうぼう》が目立つ、鼻筋の通った美丈夫《びじょうふ》だ。

人目に立つのは、かかる外見だけではない。

右手に提げている刀も、目立つことときわまりない一振りだった。

朱塗《しゅぬり》の鞘の長さから察するに、刀身は三尺に近いと見受けられた。

大太刀《おおだち》と呼ばれる、長物《ながもの》だ。

城勤めの者は直参《じきさん》であれ陪臣《ばいしん》であれ、佩刀の長さは刀身二尺三寸五分が上限と幕府により定められていた。

たとえ浪々の身であっても、三尺を超える長物を差して歩くことは許されない。

この一振りも、法定ぎりぎりの刃長《じんちょう》のようである。

凡百《ぼんぴゃく》の剣客が帯びていても滑稽《こっけい》にしか見えないことだろう。しかし、この堂々たる体軀の男にはよく似合っていた。

「お話し申し上げたき儀がございますれば、何卒《なにとぞ》」

殊勝な物言いをしていても、悠然としたたたずまいは変わらない。

室田《むろた》兵庫《ひょうご》、三十九歳。

素性も定かでない浪人者である。

重蔵は配下の藩士たちがまったく頼りにならぬと見切りをつけ、市井《しせい》の浪人を刺客として雇い入れていたのだ。しかし前金を受け取った三人のうち二人はこっそり藩邸から逃げ去り、残ったのはこの室田兵庫だけであった。

腕試しをさせた結果は申し分なく、当てになると見込んでいたのだが、今夜は風邪で臥《ふ》せっており、襲撃行に加わってはいなかった。

「……おぬしか」

重蔵は不機嫌そうに見返した。

「病《やまい》と聞いておったが、良き顔色じゃの？」

「さもありましょうな」

兵庫は薄く笑った。咳《せき》ひとつ漏らしはしない。

「そもそも、風邪など引いてはおりませぬ」

「何……」

たちまち重蔵は血相を変えた。

「高い金を取っておいて、何故の仮病かっ」

「ま、ま。そうお怒りになられますな」

やんわり宥《なだ》めつつ、兵庫は畳の上に座した。

長い脚を組み、悠然とあぐらをかく。

「このままでは話もできませぬ。お座り下され」

「む……」

まったく、どちらが主人か分かったものではない。

額に青筋を浮かべたまま、重蔵は憮然《ぶぜん》と腰を下ろした。

「拙者《せっしゃ》が存念、さっくりとお話ししましょう」

悪びれることもなく、兵庫は口を開いた。

「最初は小遣い稼ぎになればと思うて乗った話でしたが、ご家中の様子が知れてくるうちに拙者も欲が出て参りましてな……」

「ふざけた奴《やつ》じゃ」

重蔵は吐き捨てるようにして言った。

「うぬが如《ごと》き素浪人、雇うてやっただけ有難《ありがた》く思えっ！」

「よろしいのですかな、そのように申されても」

にやりと兵庫は笑った。

男振りの良い顔が、たちまち下卑《げび》たものになる。

因業《いんごう》そうな笑みを浮かべたまま、兵庫は言葉を続けた。

「刀取る身なれど、拙者は常に算盤《そろばん》を弾いておりまする」

「算盤とな」

「左様《さよう》」

兵庫は算盤珠《だま》を動かすしぐさをしてみせる。手慣れた指の動きだった。

「己が腕を売るにしても、より値を高《たこ》うしたいと思うは当然のことと心得ていただきたい」

「……仕官したいとでも申すか」

「いえ」

探るような重蔵の問いかけに、兵庫は皮肉な笑みで応じる。

「浪々の身の者が皆、主持《しゆもち》となるのを望んでおるわけではありませぬぞ。拙者は家禄《かろく》など欲しゅうはござらぬ」

「されば、何が望みじゃ」

「土地ですよ」

「え」

「ご家老が御家の実権を握れば、お国許の政《まつりごと》も思うがままでありましょう。その折に手頃な屋敷と作地を、拙者のためにご用意願いたい。むろん、小作をさせる者たちもお願いいたしますぞ」

「郷士《ごうし》になりたい。そう申すのか」

「あれほど楽な暮らしはございませぬのでな」

兵庫は大きな目を細めた。

「拙者も江戸に居着く前は、剣術修行かたがた諸国を巡り歩いたものです。あらゆる生業《なりわい》の者の暮らしぶりを見て参りましたが、土地持ちの郷士ほど安楽なものはございますまい。それにご家老の後ろ盾《だて》さえ賜《たまわ》れますれば、堅苦しい城勤めなど強《し》いられることもありませぬしな」

「成《な》る程《ほど》のう」

重蔵は、ようやっと得心した様子だった。

郷士とは半士半農の侍のことである。

戦国乱世には地方領主として小作人を使役《しえき》しながら自立自営し、いざ合戦となれば甲冑《かっちゅう》に身を固めて近在の武将の許へ馳《は》せ参じる立場だった。

徳川の天下となっても郷士の身分は安堵《あんど》され、藩士よりも自由に暮らしていた。大名に仕えて禄《ろく》を食《は》むわけではなく、小なりといえども自前の土地を所有して自営できているからだ。

土佐《とさ》藩のように苛酷《かこく》な差別を敷いたのはむしろ稀《まれ》な例であり、有能な者ならば出仕《しゅっし》を望むことも可能であった。

しかし、どうやら室田兵庫は藩庁で働くことなど望んではいないらしい。

酒井重蔵が家老として不動の地位を固めた暁《あかつき》には、その庇護《ひご》の下で安楽に暮らしたいだけなのである。

「まぁ、このような話をご家老にさせていただく折を待っていたのですよ」

「……故に今宵の襲撃には加わらなんだ。そう申すか」

「左様。あの老人を仕留めたところで、端金《はしたがね》で追い払われるだけではとても割に合いませぬからな」

「こやつ……」

「これも、ご家老に拙者一人のみを恃《たの》みにしていただくためにござる。どうかご容赦くだされい」

「されば、おぬし」

「ご所望の白髪っ首、近々にお持ち仕りましょうぞ」

「信じて良いのだな？」

「御意《ぎょい》」

兵庫は自信たっぷりに答える。

堂々たる態度を目の当《ま》たりにして、重蔵は安堵感を覚えていた。

額の青筋が鎮《しず》まり、青ざめていた頬に赤味が差してくる。

「されば、ご家老」

その機を逃さず、兵庫は抜かりなく念を押す。

「拙者が望みを叶《かな》えてくださる旨《むね》、念書を頂戴しても構いませぬか」

「好きにせい」

鷹揚《おうよう》に頷《うなず》き、重蔵は文机《ふづくえ》の前に座った。

さらりと認《したた》めた書面に姓名を記して押印《おういん》し、待っていた兵庫に差し出す。

「有難き哉《かな》。向後《こうご》はご家老の御心《みこころ》のままに、骨身《ほねみ》を惜《お》しまず立ち働きましょう」

膝を揃えて念書を受け取り、兵庫は神妙に言葉を続けた。

「……されど、事が成りましたる上はお暇をいただきますぞ。あのじじいを討ち果たせし上は寝て暮らしとう存じまする」

「それがよかろう」

頷きながら、重蔵は上機嫌に微笑んでいた。

と、その横顔が引き締まる。

「では室田、塩谷めを片付ける前に一働きしてもらおうか」

「何なりと」

「あやつの手足となり、儂《わし》の身辺を探っておる者共を悉《ことごと》く始末せい」

「……お屋敷内ではうまくないでしょうな」

「むろんぞ」

「されば、隙《すき》を見て一人ずつ仕掛けますか」

「できるか」

「易《やす》いことです」

軽く請け合うや、兵庫は立ち上がる。

大太刀を手に、廊下へ踏み出す。

端整な横顔に、薄い笑みが浮かんでいる。
その笑みを絶やすことなく、足袋《たび》はだしのまま中庭に降り立つ。
無言のまま庭の中央へ歩み出るや、おもむろに鯉口《こいぐち》が切られた。
三尺近くの刀身が、瞬時に鞘走った。
抜き打ちの一刀が、庭の前栽《せんざい》をばさっと斬り裂く。
刹那、咲き始めの躑躅《つつじ》の花が闇夜《やみよ》に散った。
「ぐわっ」
くぐもった悲鳴と共に血煙《ちけむり》が上がる。
室田兵庫は前栽もろとも、隠れていた藩士を一刀両断したのだ。
塩谷隼人の乗物に付き添っていた、若い護衛の一人だった。
「何としたか、室田！」
重蔵が慌てて走り出てきた。
「むむ……」
廊下に立ったまま、庭を凝視する。
兵庫は微笑みを浮かべて、血濡れた大太刀の切っ先を足元に向けていた。
絶命したと思わせておいて不意に立ち上がろうとすれば、即座に貫き倒す構えを示しているのだ。

残心《ざんしん》と呼ばれる、対敵動作の締めくくりである。

「斬ったのか、おぬしっ」

「お静かに」

動揺する重蔵に告げながらも、兵庫は微動だにしない。

鋭い視線と切っ先は、ぴたりと足元の藩士に向けられていた。

程なく、若い藩士の痙攣《けいれん》が止んだ。

見届けた兵庫は血刀に拭いをかけつつ、淡々とつぶやくのだった。

「こやつはご家老の話を盗み聞いておりましたる故、やむを得ずにこの場にて仕留め申した」

「さ、されど……」

戸惑う重蔵の耳朶《じだ》を、有無を言わせぬ一声が打った。

「やむなき仕儀なれば、亡骸《なきがら》の始末をよろしくお頼み申す」

庭は静まり返っている。

納刀した室田兵庫は、飄然《ひょうぜん》と立ち去る。

黒染めの装束に、返り血ひとつ浴びてはいなかった。

四

よほどの小藩でもない限り、上級藩士は藩邸の母屋とは別に、屋敷地内に住まいを与えられている。

まして家老ともなれば、当然のことだった。

塩谷隼人が江戸常勤となってから二十年余を過ごしてきた役宅は、小さいながらも瀟洒《しょうしゃ》な一軒家である。

「痛《いた》、たたた」

奥の寝間から悲鳴が聞こえてくる。

敷き伸《の》べた布団の上で転げ回っていたのは、塩谷隼人その人だった。

どうやら臑《すね》の筋が攣《つ》ってしまったらしい。

先程の堂々たる武者ぶりからは想像も付かぬ、情けない姿であった。

金子作左衛門は傍《かたわ》らに座し、せっせと隼人の脚を揉んでいた。

作左衛門は役宅に同居し、炊事から洗濯までの家事一切を引き受けている。むろん藩邸には江戸雇いの女中が幾らでもいるのだが、まったく苦にならないと見えて一度も手伝いに来させたことはなかった。

今も嫌がることなく、隼人の世話を焼いている。

「無理をなさるからですぞ、殿。年寄りの冷《ひ》や水《みず》が過ぎまする」

「やかましいわ！　あ、痛……」

隼人はまた悲鳴を上げた。

寝間じゅうに膏薬《こうやく》の臭いが漂っていた。

かすり傷ひとつ負うことなく窮地を脱したものの、派手な立ち回りで相当に足腰を痛めてしまったようである。

護衛に付いていた若い下士たちには、とても見せられぬことだろう。

ただし、作左衛門だけは別だった。

この二人、実は乳兄弟《ちきょうだい》の間柄なのである。

大身《たいしん》の武家では生みの母親が子を育てることはなく、誕生してすぐ乳母《うば》の手に委ねられるのが常とされている。

塩谷家も例外ではなく、知行地《ちぎょうち》の名主に乳母を探してもらった。

夫と死に別れたばかりの寡婦《かふ》が村におり、乳飲み子の男児を抱えて苦労していると聞かされた隼人の父は不憫《ふびん》に思い、いずれ良き稽古《けいこ》相手になるだろうと言って母子をまとめて引き取った。

以来、二人は兄弟同様に育てられたのだ。

元服《げんぷく》する頃には作左衛門も上下の分を弁《わきま》え、いつも余人の前では家士として恭《うやうや》しく振る舞うように心がけてきたが、二人きりになれば昔のままである。

言葉遣いこそ礼儀正しいが、隼人を介抱する手付きは遠慮のないものだった。

「もそっと加減せい、作左！」

「こうしたほうが、痛みも早《はよ》う抜けまする」

文句を言われても意に介さず、突っ張った筋を揉み続けている。

作左衛門は福々しい造作と同様に、指も肉付きが良い。

その指がまめまめしく動き、剝《む》き出しにさせた臑をほぐしていくのだ。

「うーむ……」

隼人が、ほぅと吐息を漏らした。

どうやら楽になってきたらしい。

作左衛門は寝間着の裾を直し、そっと仰臥《ぎょうが》させてやる。

「すまぬの」

掻《か》い巻きを掛けてもらいながら、隼人は神妙な様子でつぶやく。

「おぬしが申す通り、ちと無理が過ぎたようじゃ」

「さもありましょう」

作左衛門が苦笑する。

「お一人で三人も相手取るとは、やりすぎですぞ」

「うむ」

隼人は素直に頷いた。

彼とて、好んで護衛に頼らぬわけではない。

江戸家老としての威厳を保つために、敢えてやっていることなのだ。

いつの世にも、地位を保ち続けるのは至難の業《わざ》である。

その点、隼人の場合には家中随一と謳われた剣の腕が役に立っていた。

刺客をどれほど差し向けても無駄なこと。

あの男には、どうあっても刃向かえまい。

そう敵陣営に思い込ませるため、自ら矢面《やおもて》に立つのだ。

結果として、酒井重蔵に与《くみ》する藩士たちは怯え始めていた。

剣の達人として打ち立てた伝説の数々を、もとより家中で知らぬ者はいない。

若き日には、上覧《じょうらん》試合で十人抜きを当たり前のようにやってのけたものである。

木刀での試合においても対手《あいて》に怪我《けが》を負わせず、むろん自らも無傷のまま勝利するのが常のことだった。

仕官が目当ての無頼浪人を迎え撃っても、一度として後れを取りはしなかった。

老いて尚、その業前《わざまえ》は衰えてはいない。

塩谷隼人、恐るべし。

三度も襲撃に失敗すれば、さすがの酒井重蔵もそう思い込まざるを得まい。

これで刺客を差し向けるのを躊躇《ちゆうちよ》してくれれば、しめたものである。

その隙を逃さずに調べを進め、悪事の動かぬ証拠を摑《つか》もうと隼人は考えていた。

だが、さすがに体力の限界が来ている。

剣に生きる者は刀を鞘に納める時、すなわち修行者として引退するべき時期を自ら悟るのが賢明と言われる。

しかしながら、まだ隼人は身を引くわけにはいかない。

家老としても、剣客としても——。

「稽古をせねばならぬのう」

掻い巻きの下で、隼人がぼそりとつぶやいた。

「されば、某《それがし》が久方振りにお相手仕りますかな」

「止《よ》せ止せ」

すかさず申し出た作左衛門に、隼人は頭を振った。

「おぬしが儂とまともに立ち合えたのは、せいぜい前髪だった頃までじゃ」

「は……」

「年寄りの冷や水は止せ。まぁ、儂も同じことなのだがな」

作左衛門がしゅんとする様に苦笑しつつ、隼人は続けて言った。

「とまれ、体がなまっておっては危急の折にも役には立たぬ。儂が復習《さら》える道場は何処《どこ》ぞにないかのう」

「難しゅうございますなぁ」

作左衛門は首を捻《ひね》る。

幾多の町道場が集まっている江戸とはいえ、我がままな主人の望む条件を満たすところが果たしてあるのかは定かでない。

隼人が修めた流派は中条流である。

防具を着けて竹刀《しない》で打ち合う撃剣《げっけん》が隆盛して久しいこの江戸で、戦国乱世さながらの組太刀《くみだち》を主体とする古《いにしえ》の剣術流派の道場が、容易に見付かるとは思えなかった。

また、人目に立つところでは都合が悪い。

仮にも一藩の江戸家老が還暦前の身でありながら激しい稽古に励んでいれば、自ずと話題になる。

あらぬ噂《うわさ》を立てられ、御家騒動が明るみに出てしまっては元も子もない。

一連の騒ぎが公儀に知られれば、お取り潰《つぶ》しの格好の口実にされてしまう。

幕府は問題を起こした大名家の藩領を召し上げて天領《てんりょう》、すなわち将軍家の直轄領にする機会を常に狙っている。

家中の不穏な動きが露見してしまうことは、絶対に避けなくてはならなかった。

中条流で、目立たぬような小さな町道場。

ふたつの条件に当てはまる稽古場を、見つけ出さなくてはなるまい。

「ひとつ探してくれぬか、作左」

「心得ました」

重ねて所望されたとなれば、作左衛門も首を縦に振るより他にない。

しかし、念を押すことだけは忘れなかった。

「されど殿、くれぐれも無茶だけはお控え願い上げまするぞ。もう若《わこ》うはないのですからな」

「ふん。じじいになったのは、おぬしも同じじゃ」

お目付役の苦言に、すかさず隼人は毒づく。

されど、そのどんぐり眼には、無二の乳兄弟への感謝の念が滲《にじ》んでいた。

塩谷隼人に妻子はいない。

江戸詰めの藩士は単身赴任であり、たとえ妻子持ちでも共に暮らすことはできない決まりになっているのだが、隼人の場合は早くに妻と死に別れた身だった。

出産に耐えきれず愛妻が果てた日は、産声《うぶごえ》を上げることもできぬまま逝《い》った我が子の命日でもある。

三十年前に妻と子を一度に失った隼人は後添《のちぞ》えを貰《もら》う気にもなれず、御役目一途《いちず》に励んで江戸家老にまで出世を果たした。

だが、どれほど栄達を重ねたところで安息の日々など訪れはしなかった。

宮仕えは中枢に入り込めば入り込むほど、醜い争いに巻き込まれてしまう。

家老職になど就かねばよかったと隼人が気付いたときには、もはや遅かった。

剣術についても同様である。

辣腕《らつわん》の家老でありながら剣の手練という評判ゆえに味方は依存し、敵は容赦なく牙《きば》を剝いてくる。

妻子の菩提《ぼだい》を弔《とむら》う気持ちの余裕も許されぬまま、戦い続けなくてはならない。

そんな隼人に、作左衛門は忠義一途に仕えている。

自身も妻《めと》を娶ろうとはせず、塩谷家の一家士として奉公し続けてくれていた。

「面倒をかけるのう、作左」

「何の、何の」

作左衛門は明るく微笑むばかりだった。

「早うお休みなされませ。道場のことは、委細お任せを」

「頼むぞ」

「必ずや見つけ出しまする。某《それがし》が殿のお相手をさせられるよりは、よほど楽でございますからなぁ」

「こやつ！」

毒づきながらも、隼人の表情は晴れやかだった。

と、表の戸がどんどん鳴った。

「何事じゃ」

隼人が怪訝《けげん》そうに首を伸ばす。

「見て参りましょう」

作左衛門が曲がった腰を上げる。

夜半の訪問者は、隼人に与《くみ》する正義派の藩士たちの中でも古株の者だった。

「い！　一大事にございまする、ご家老っ!!」

「何としたのじゃ狩野《かのう》、ん？」

息せき切って駆け込んできた藩士を落ち着かせるように、隼人は努めて静かな口調で問いかける。

狩野と呼ばれた藩士から返された答えは、思いがけないものであった。

「ほ、細谷《ほそや》が斬られましたっ」

「何じゃと」

「御門外にて、賊にやられたと……。今し方、酒井様より届けがございましたる由にありまする」

「賊とな」

たちまち隼人は鼻白む。

「して、おぬしも検分して参ったのだな」

「は……」

狩野は、青ざめながらも言葉を続けた。

「抜き打ちの一刀の下に、斬り伏せられておりました。あれは間違いのう、長尺の刃を受けたものかと」

「左様か……」

隼人が、ぎりっと奥歯を噛み締めた。

還暦前の身ながら、すべて自前の歯である。

白い歯を剝き出しにした隼人は、呻《うめ》くが如くに言葉を絞り出していた。有為《うい》の若者を死に至らしめてしまったことへの悔恨《かいこん》が、その口調に滲んでいる。

「あやつ、手の者を遣いおったな……賊が聞いて呆れるわ」

「手の者とは何奴ですか？」

「かねてより細谷が言うておった胡乱な素浪人よ。碌《ろく》に遣《つか》えもせぬ大太刀を格好付けに差しておるだけのことと思うていたが、抜刀《ばっとう》の心得があるらしいの。さもなくば長《ちょう》剣《けん》での抜き打ちなどできるまい」

作左衛門の問いかけに、隼人は吐き捨てるようにして言った。

「酒井め、いよいよ次は雇われ浪人を刺客に仕立てようというつもりじゃな」

「されば、早急に手を！」

腰を浮かせかけた狩野に、隼人は速やかに続けて言った。

「慌てるでない。酒井めの探索は、しばし手控えさせよ。向こうから尻尾《しっぽ》を出すまで、無闇に動いてはならぬ。むろん、細谷の仇《あだ》討ちなど逸《はや》ってはなるまいぞ」

「ご家老……」

「辛抱《しんぼう》せい」

宣するや隼人は両足を踏み締め、すっくと立ち上がった。

「狩野」

「は、はっ」

「皆に申し伝えるのじゃ。向後は各々《おのおの》、我が身の安全を第一とせよとな」

「それでは、酒井様が一派の企みをこのままに!?」

「逸るまいと申したはずぞ」

ぴしゃりと告げるや、隼人は虚空を見据えた。

「室田兵庫なる浪人はこの儂が討ち果たす。直々《じきじき》に、な……」

どんぐり眼に、力強い光が差している。

体中から膏薬の臭いを変わらず発してはいても、もはや全身の痛みなどは何処《どこ》かに飛んでしまっていた。

何としても、この腕に更なる磨きをかけなくてはなるまい。

皺《しわ》の寄った顔中に、無言の決意が滲み出ていた。

五

それから数日の後。

「御免」

日比野道場に、朝一番で訪いを入れてくる者がいた。

折しも左内が朝餉の片付けを終え、道場でひと汗流していたときのことだった。

「……？」

入口に立ったのは、六十絡みの老武士である。

何処かの大名家に仕えていると思しき風体《ふうてい》の、福々しい好々爺だ。

「金子作左衛門と申す。貴公が日比野左内殿かの」

「左様ですが……」

木刀を下ろし、左内は怪訝そうに見返した。

日比野道場では、子どもの入門しか受け付けていない。

大人については先だって義父の仇討ちを望んできた徳松のように、よんどころない事情ゆえに剣を学びたいという者にのみ、密かに手ほどきをするのが常であった。

しかし、この老武士がそんな評判を知っているとも思えないし、業前《わざまえ》を錬《ね》らなくてはならない必要に迫られているとも見受けられなかった。

ともあれ、訪ねてきてくれたのを話も聞かずに追い返すわけにもいくまい。

「こちらは道場ですので、拙宅へお上がりください」

木刀を壁の刀架に置き、左内は入口へ歩み寄っていく。

と、障子戸の向こうから弾んだ声が聞こえてきた。

「いや、それには及ばぬぞ」

金子作左衛門の後ろからひょいと顔を出したのは、見るからに気の強そうな同年配の男――塩谷隼人であった。

隼人は若い頃から何であれ迅速な行動を旨《むね》とする、要はせっかちな性分だった。条件に合う道場が早々に見付かったと知るや作左衛門に案内させ、自ら足を運んできていたのだ。

「まさに打って付けだのう、作左」

「某《それがし》も探し回った甲斐《かい》がありました、殿」

「斯様《かよう》なところに中条流の看板を掲げる道場があるとはの、げに江戸は広いわい」

「まことにございますなぁ」

訳が分からぬ様子の左内をよそに、老主従は喜び合うのだった。

とりあえず左内は二人を住まいへ案内し、入門の動機を聞かせてもらった。

「成る程。御《おん》自らを護られるために、お復習《さら》いをなさりたいと……」

「左様。貴公のような若き御仁に打太刀《うちだち》を頼めるならば、げに有難い」

満面の笑みを浮かべながら、隼人は勧められた茶を一息に飲み干す。

すぐにでも稽古を始めたくて堪《たま》らない様子である。

一方の作左衛門は猫舌であるらしく、熱い茶をゆっくりと啜《すす》っている。

一間きりの長屋でも、主人と同じ部屋に腰を下ろすわけにはいかない。上がり框《かまち》の板敷きに膝を揃えて座し、話が終わるのを待っていた。

無双窓《むそうまど》越しに、午前の明るい陽が差し込む。

背中を丸め、福々しい顔を綻《ほころ》ばせて茶を喫している作左衛門の姿は、まるで日なたぼっこを楽しむ猫のようであった。

左内と隼人の会話は続いている。

「されど、ご家老様。まことに組太刀をご所望なのですか」

「むろんじゃ」

茶のお代わりを勧めながらさりげなく念を押す左内に、隼人は鷹揚《おうよう》に答えた。

「されど、危のうございますぞ」

「何の、何の」

「大切な御身でありましょう。自重なされては？」

「儂が若い頃には、斯様な稽古が当たり前だったぞ」

「さもありましょうが……」

「くどいのう。貴公も若年とは申せど、中条流を学び修めし身ならば組太刀ができぬはずはあるまい。じじいと思わずに遠慮のう、相手をしてくれれば良いのじゃ」

「は……」

組太刀とは所定の技の流れに沿って打ち合う稽古法である。

二人一組になって最初に攻め込む者を打太刀と、それを受けて反撃する者を仕太刀《しだち》と呼ぶ。隼人は左内に仮想敵の打太刀を務めてもらい、防御の腕を磨く稽古がしたいと希望していた。

竹刀など用いず、木刀を使わせてくれと言われただけでも当惑せずにはいられないというのに、つくづく困ったことである。

しかし、当の隼人はやる気十分だった。

「失礼だが、日比野殿はお幾つになられるのか」

「二十七にございます」

「はは、それは頼もしい」

隼人は朗らかに笑った。

「この儂を狙《ねろ》うて参る者共は、おおむね貴公と同じばかりの齢の者でのう。相手取るのも容易でなく、ほとほと参っておる次第よ」

それでも警固の者には頼りたくないらしい。

相当な頑固者に違いないが、その他の点では隼人は寛容だった。

基本は子ども相手の道場であり、午《ひる》を過ぎれば手が離せなくなると言われても嫌な顔ひとつせず、午前の一刻だけ付き合ってくれれば十分だという。

「……承知仕りました」

暫時《ざんじ》の思案の後、左内は言った。

「どこまでお役に立てるかは判りませぬが、謹《つつし》んでお引き受け申し上げましょう」

「忝《かたじけ》ない」

手を打って喜ぶや、隼人は上がり框に向かって呼びかける。

「これ作左、居眠りなどしておるでない！」

見れば作左衛門は背中を丸め、うとうとし始めているところだった。

「……お話はお済みにございますかな、殿」

「さもなくば笑《わろ》うてなどはおらぬわ。さ、早うせい」

「よろしゅうございましたなぁ」

寝ぼけ眼をこすりつつ微笑み返し、作左衛門は傍らに置いた風呂敷《ふろしき》包みを取る。

隼人が作左衛門に命じて持ってこさせた束脩《そくしゅう》（入門料）には上物の筆墨に加えて、懐紙《かいし》にくるまれた小判が三枚も添えてあった。

「些少《さしょう》にござるが、早速にお納め願おうかの」

「これは過分にございまする」

「構わぬのだ。じじいの二人暮らしで、どのみち使い道はないのだからのう」

恐縮する左内に金包みを押し付け、隼人は抜かりなく言い添えるのだった。

「その代わり、稽古は本気でお頼み申しますぞ。日比野先生」

左内は速やかに支度を整え、老主従を道場に招じ入れた。

「懐かしいのう」

塩谷隼人は目を細めた。

左手に提げていたのは、左内が出してくれた木刀だ。

いつも帯びている、定寸の刀とほぼ同じである。

対する左内が手にしていたのは、長尺の一振りだった。

その刀身、実に三尺一寸。

隼人の木刀より、優に八寸は長い。

隼人が望んだのは、単に木刀を交えることだけではなかった。定寸の刀よりも長尺の大太刀を相手取っての立ち合いを所望していたのだ。

二人が修めた中条流には、独特の稽古法がある。

組太刀の稽古において最初に打ち込む打太刀は三尺一寸の、これを防いで反撃に転じる仕太刀は二尺三寸の木刀をそれぞれ用い、長い木刀を短い木刀で制する術を稽古するのである。

長《なが》木刀は刀身が長尺なだけに間合い、つまり攻撃可能な半径も広い。

その長木刀を仮想敵として稽古することにより、広い間合いに慣れたい。左内には大太刀遣いを斬るためにという、物騒な理由まで明かすわけにはいかなかったが、隼人はそう考えていたのである。

当然ながら危険は大きい。

木刀も剣術の手練が振るえば、真剣に劣らぬ威力を発揮する。

刃が付いていないというだけで、その一撃は骨まで打ち折る。

それを自覚していればこそ、左内は中条流では本来用いることのない竹刀と防具を稽古に取り入れているのだ。

いかに心得を感じさせるたたずまいとはいえ、還暦目前の老爺《ろうや》を相手に木刀での組太刀を行うのは戸惑われる。

左内がなかなか首肯《しゆこう》しなかったのも無理はあるまい。

だが、こうして道場に立っても隼人はまったく怯えてなどいない。

「さ、早う始めましょうぞ」

どことなく、浮き浮きしているようにさえ聞こえる。

「参ります」

左内は神前への一礼に続き、隼人と対峙《たいじ》する。

「ヤッ!」

「トォー!」

気合いの応酬に続き、木刀の打ち合う響きが上がる。

左内の打ち込みに応じる隼人の動きは、まったく危なげのないものだった。

先夜の襲撃を受けてから自重し、外出も慎んでいたことで体力が戻ったというのもあるのだろう。しかし、若年の頃から稽古を積み重ねていなくては、老齢の身でこれほど素早くは動けまい。

剣術修行者は一挙一動から無駄を排し、最小限の動きのみを行うように日頃から心がけよと教えられる。

それも、己が体格を自覚した上でなくてはならない。

塩谷隼人は五尺の短軀を有効に活用できていた。

小柄なため、一歩ずつの歩幅は小さい。

だが、小股《こまた》であればこそ無駄に大きく踏み出すことをしない。

最初の一歩から間を置かず、次の一歩に繫《つな》げていく。

ちょこちょこ走り回っているわけではない。

腰から先に前進し、重心を保ちながら堂々と立ち動いている。

「さすがは殿じゃ。すっかり元気におなりだわい」

見守る作左衛門は独り、満足そうに頷いていた。

傍《そば》近くに仕える立場として、主人の心身の状態は誰よりも承知できている。

このところ隼人は倦《う》み疲れていた。

体力上のことだけではない。心の内も、なかなか決着の付かない政争への焦りから疲れ切っていたのだ。

それが今は潑剌《はつらつ》と木刀を打ち振るい、楽しげな笑みさえ浮かべている。

よほど指導者と相性が合わなくては、こうはいくまい。

日比野左内という道場主のことを作左衛門はあらかじめ調べ、この若者ならば安心して隼人を任せることができると見込んだ上で稽古先に選んだのだ。

頑固で意地っ張りな主人の性格を知り抜いている老臣の見込みは吉と出たらしい。

「今一度、お頼み申す！」

隼人の野太い声が響き渡る。

「参ります！」

応じる左内の声も気迫に満ちている。

それは老武士の業前《わざまえ》に感じ入っていればこそのことだった。

稽古を終えた塩谷隼人は、満足そうに帰途に就く。

日比野道場では入れ替わりに、子どもたちの稽古が始まっていた。

「よき男じゃ」

「御意……」

頷く金子作左衛門は、主人の傍らに寄り添っていた。

稽古で全力を尽くした後となれば、いつ足がよろけてもおかしくはないからだ。

しかし、それは杞憂《きゆう》というものだった。

「げに江戸は広い。あれほどの手練が世に埋もれておるとはのう……」

隼人は矍鑠《かくしゃく》と歩を進めていた。

明るい陽光の下、危なげのない足取りで柳橋《やなぎばし》を渡ってゆく。

神田川を桜の花びらが流れている。

それを眺めやりつつ、隼人はつぶやく。

「勿体《もったい》なきことと思わぬか、作左。願わくば、わが家中に迎えたいものだの」

「日比野先生は、あれでご満足されておいでのことかと」

「うむ……おぬしの言う通りやもしれぬ」

隼人は稽古を終えた後、集まってきた子どもたちの様子をしばし見てきた。

どの子も躾《しつけ》が行き届いており、見知らぬ老武士の主従に挨拶することを誰も怠《おこた》りはしなかった。

日比野左内は、子どもを教え導くのに向いている。

あのような有為の若者を、必要以上のことに関《かか》わらせてはいけない。

だが、隼人はこうつぶやかずにはいられなかった。

「儂の息子も生きておれば、あのようになっておったのやもしれぬなぁ……」

「さてさて、如何でありましょうな」

作左衛門がすかさず茶々を入れる。

「父親が堅物すぎれば、子は放蕩《ほうとう》に及ぶが世の常にございまする。今頃は某、若様の尻ぬぐいで往生しておったやもしれませぬぞ」

「こやつ！」

叱《しか》りつけながらも、隼人の横顔は晴れやかだった。

いずれ命を懸けた勝負を行うことを期しているとはとても思えぬ、好々爺そのものの笑みであった。

六

かくして、塩谷隼人の道場通いは順調に続けられた。

藩邸の者に知られぬように抜け出すのは、夜明け前なら難しいことではなかった。

もとより、年寄りは早起きである。

朝餉は作左衛門に粥《かゆ》を炊かせ、共に手早く済ませる。

稽古前の食事は、ごく軽めで事足りる。

わざわざ竈《かまど》を焚《た》き付けるまでもなく、火鉢に掛けた土鍋《どなべ》ひとつで拵えれば良いので作左衛門もさしたる手間にはならなかった。

船を使えば、移動も容易《たやす》い。

築地の藩邸を出てから暫時《ざんじ》歩き、あらかじめ前金を渡して頼んである猪牙《ちょき》で大川を遡上《そじょう》すれば、向柳原まで四半刻とはかからない。

道場に着けば、ちょうど長屋の木戸が開く頃である。

すっかり顔なじみになった木戸番の親爺《おやじ》は、いつも親しげに声をかけてくる。

「毎朝ご精が出ますねぇ、殿様」

「うむ」

「殿様みてぇなお旗本ばっかりなら、徳川様の天下もご安泰ってもんでさぁ」

「これ、滅多なことを申すでない」

「こりゃ失礼。へへへ……」

どうやらこの親爺、隼人のことを何処ぞの直参の隠居だと思っているらしい。

余計な詮索《せんさく》をされないように、左内がそう吹き込んでくれたのだ。

長屋の衆にとっても、道場内で稽古をしている分には何の邪魔にもならない。

これが足さばきの加減がまだ十分に身に付いていない子どもたちならば、床板を踏み鳴らして隣近所を閉口させたりもするだろう。

しかし、稽古を付ける左内も教わる隼人も、その点は完璧《かんぺき》である。

むしろ、組太刀をするときに発する気合いの、

「ヤッ！」

「トォー！」

という発声が、ちょうど良い目覚ましになっているとのことだった。

誰一人怪しむこともなく、帰り際には、

「毎朝お早うございます、ご隠居様」

「おじいちゃん、お早う！」

などと声をかけられたりもする。

一刻きっかりで稽古を終えれば、藩士たちが勤務に就く前に戻って来られる。

道場通いを始めてから五日経っても、誰と出くわすこともなかった。

「案ずるより産《う》むが易《やす》しだったのう、作左」

「左様にございますな、殿」

老主従は安堵しきっている。

だが、その読みは甘かった。

悪の主魁《しゅかい》の酒井重蔵は配下の室田兵庫に命じ、あれから塩谷隼人の動向をつぶさに監視させていたのである。

昼夜を問わず張り付き、隙を見出すようにと指示を出したのだ。

配下の者共のみならず、塩谷隼人その人まで葬り去らんと目論んでいるのである。

家中の藩士は皆、江戸家老が老いたりとはいえ中条流の手練と承知しており、稀代の遣い手と見なして恐れている。重蔵一派の藩士たちによる三度の襲撃がことごとく撃退されたのは実力の差に加えて、とても叶わぬという先入観ゆえのことだったとも言えるだろう。

だが、室田兵庫は隼人に対する畏敬《いけい》の念など微塵《みじん》も持ち合わせていない。

雇われ刺客として、ただ討ち取る標的としか見なしていないのだ。

だが、その過程は楽なものではなかった。

(つたく、糞真面目《くそまじめ》なじじいだ)

舌打ちを漏らさずにいられぬほど、隼人は勤勉そのものに過ごしている。

すなわち夜になっても羽目を外すわけでもなく、役宅へまっすぐ戻って早々と床に就いてしまうのが常なのである。

夜遊びに繰り出してくれれば、帰り道に闇討ちにするのも容易いことだろう。

しかし、出歩いてくれなくてはどうにもならない。

隼人は三度目の襲撃を受けてから慎重になっており、何か用があれば相手を藩邸へ呼ぶようにして外出を控えていた。

まさか藩邸内で刃を向けるわけにはいくまい。

塩谷隼人は、先夜に片付けた雑魚《ざこ》とは格が違う。

討ち果たすにしても、慎重に事を運ばなくてはならなかった。

焦りを抑え、兵庫は張り込みを続けた。

奇妙なことに気付いたのは、三月を迎えて十日近くを経たときだった。

塩谷隼人と家士の金子作左衛門は、いつも夕餉を終えて早々に就寝する。

もしかしたら夜中になる前に起き出してきて、市中の岡《おか》場所などへ繰り込むのではと判じた兵庫は辛抱強く張り込んでいたのだが、そのような気配はまるで感じられはしなかった。

それで兵庫はいつも夜中には引き上げていたのだが、試みに明け方まで見張りを続けたところ、隼人主従は思いがけない行動を起こした。

（おや……？）

夜明け前に起床するや、こっそりと役宅を後にして藩邸を抜け出したのである。

眠気を堪え、兵庫は二人の老爺を尾行する。

隼人の知られざる一面を探り出すまでに、さほどの時はかからなかった。


「あのじじいから手を引けい」

日比野道場の土間に立つや、その浪人は居丈高《いたけだか》な口調で告げてきた。

「何と申される？」

突然訪ねてきた浪人者を、日比野左内は怪訝そうに見返す。

道場の床を拭いていたところに、忽然《こつぜん》と現れたのだ。

塩谷隼人はすでに朝稽古を終え、道場を後にしていた。今朝も組太刀の稽古に一刻励み、満足した様子で帰っていった。

その隼人への指南を止めろと、胡乱な浪人は要求してきたのである。

黒染めの着物に袖無し羽織を重ね、深編笠《ふかあみがさ》で面体を隠している。

その一挙一動は、相当な剣の心得を感じさせた。

腰とつま先が、正面を向いている。上がり框の左内に対し、いつでも立ち向かえる姿勢を示していた。

「大人しゅう聞いたほうが身のためだぞ」

嵩《かさ》にかかった様子で、浪人は重ねて告げてくる。

深網笠の下の表情は窺《うかが》い知れない。

だが、その声色は絶対の自信に満ち溢《あふ》れていた。

「……貴公のご姓名を、まずはお聞かせ願いましょう」

「名乗るには及ぶまい。ただ、あの老爺に生きていて貰《もろ》うては困る御方の意を汲《く》む者とだけ申しておこう」

「埒《らち》もないことを……」

左内は眉《まゆ》を顰《ひそ》めた。

意に介さず、浪人――室田兵庫はうそぶく。

「儂の邪魔をせぬことだ。さもなくば、おぬしから先に逝《い》ってもらうことになる」

「何」

「動くな！」

前に出ようとしたとたん、兵庫は鋭く制した。

高い声を上げたわけではない。

左内が一歩踏み出さんとした瞬間に声を放ち、機先を制したのだ。

「今すぐに斬り合おうと言うてはおらぬ。邪魔立ていたさねば、それで良い」

「む……」

「人にはそれぞれ分相応の生き方というものがある。おぬしは欲を掻かず、童相手《わっぱ》に大人しゅう稼いでおるのが似合いぞ」

それだけ言い置き、兵庫は下がっていく。

ずっと深編笠を被《かぶ》ったままであったが、腰とつま先は終始、左内の立ち位置に向けられていた。

路地を去りゆく兵庫を、左内は追うことができなかった。

稽古に出てきた子どもたちの一団が、ちょうど通りかかったのだ。

「こんにちは、せんせい！」

「こんにちは！」

道場の前に立った左内を目ざとく見付けるや、口々に元気な声で挨拶をしてくる。

その様を見やりつつ、兵庫は悠然と振り向く。

己の立ち姿を左内に示したのだ。

左手を腰の大太刀に添え、いつでも鯉口を切ることができる体勢になっていた。

何も気付かぬまま、子どもたちは横を駆け抜けていく。

兵庫は左内を恫喝《どうかつ》しているのである。

子どもたちを傷付けられたくなければ、速やかに手を引け。

無言の内に、かかる意志を示してみせたのだ。

左内は道場前に立ち尽くしていた。

涼やかな双眸が曇っている。

明るい陽光の下、何を為すべきかを考えあぐねていた。

七

藩邸へ立ち戻った室田兵庫は、速やかに事の報告に及んだ。

「朝稽古とは、とんだ年寄りの冷や水じゃのう」

兵庫の話を聞き終えるや、酒井重蔵は冷たい笑みを浮かべてみせる。

「裏店《うらだな》の小道場のあるじとなれば、もはや余計な手出しはするまいの？」

「御意」

応じて、兵庫は完爾《かんじ》と笑う。

「何も知らぬは、当のじじいのみにございまする」

「されば、明朝にも事は成るのだな？」

「間違いのう、仕留めてご覧に入れましょうぞ」

「頼もしいの」

「その代わり、約定の儀は必ずや……」

「安堵せい」

答える重蔵の態度は余裕に満ちていた。

国許に多少の土地屋敷を与えるぐらいは、雑作もない。

なまじ大金を要求されるよりも、遥《はる》かに容易い見返りだった。

それに凄腕《すごうで》の室田兵庫を飼っておけば、今後も役に立つ折はあるだろう。

ともあれ邪魔者の塩谷隼人を討ち果たさせ、速やかに藩の実権を握ることだ。

事は、室田兵庫の双肩にかかっている。

「おぬし一人で大事ないのか？」

「お任せくだされ」

答える兵庫は、自信の笑みを絶やさない。

必ずや隼人を亡き者とし、己が望みを叶えてみせる。

悪党は悪党なりの夢を実現させるため、固い決意の下に事を成さんとしていた。


その頃。

藩邸を密かに抜け出した塩谷隼人は金子作左衛門を同道させ、近くの船宿へと足を向けていた。

いつも道場通いの船を頼んでいるところである。

日比野左内は、その船宿の二階で待っているという。

「先生は一体何用じゃ？」

隼人は機嫌がよろしくない。

公務の最中《さなか》に呼び出されたとなれば、無理もあるまい。

案内する作左衛門は、当惑することしきりだった。

「さて……某も、使いの者から言付かったのみにございますれば……」

「とまれ、用向きとあれば致し方あるまいの」

言葉を交わしつつ、老主従はせかせかと歩を進めていく。

後を尾《つ》けている者はいない。

船宿が見えてきた。

堀割の船着き場に面した、小体《こてい》な一軒家である。

どこの船宿でも、二階には座敷が設けられているのが常である。

小さな二階座敷は川船の発着を待つためだけでなく、世を忍ぶ男女が密会するのにも重宝されていた。船で乗り付けることができるため、行き来するとき誰かに顔を見られる恐れがないからだ。

そういった事情を知っていればこそ、左内は船宿の二階を選んだのだろう。

配慮は有難いが、何故の呼び出しなのか隼人は判じかねていた。

「何用にござるか、先生」

二階に昇るや、隼人は硬い声で呼びかける。

「突然にお呼び立ていたし、相済みませせぬ」

左内は折り目正しく一礼した。

上座《かみざ》が空けてある。

「されば、失礼」

解《げ》せぬ様子ながらも頷き返し、隼人は腰を下ろす。作左衛門は階段の昇り口近くの板敷きに座し、案じ顔で二人の様子を見やっていた。

「塩谷様……いや、ご家老に注進申し上げまする」

「何かな」

「胡乱なる浪人者に、お命を狙われる覚えはお有りですか」

「な、何と」

絶句する隼人に、左内は続けて言った。

「道場へ参りて拙者を恫喝し、向後はご指南を止めねば無事では済まさぬと……」

「真実《まこと》か？」

「一体、何者にございましょうか」

「それを聞いて、何といたすのか」

「真実にご家老のお命を狙う者となれば、拙者が代わりに立ち合わせていただきとう存じます。そも、組太刀の稽古をご所望なされたのは、あやつの大太刀を制するためだったのでありましょう。違いますかな」

「見抜かれたようだの……それにしても何故、貴公が立ち合うなどと？」

「あやつが跳梁《ちようりよう》し続ければ、弟子たちが危うくなりまする。凶行に及ぶ前に、決着を付けたいのです」

「ふむ……」

隼人は黙考し始めた。

左内が何を言わんとしているのかは、自ずと察しが付いた。

この若い道場主は子ども相手の剣術指南を生業とする身だ。

たとえ自身が狙われたとしても臆《おく》する左内ではあるまいが、か弱い子どもが凶刃の標的にされてしまえば防ぎようがない。

かくなる上は自分が矢面に立ち、災いの種を除くより他にあるまい。そう決意して事の真相を確かめるべく、こうして呼び出したのだろう。

だが、家中の内紛の子細まで明かすわけにはいかない。

ようやっと隼人が口にすることができたのは、詫《わ》びの言葉だけだった。

「……ご迷惑をおかけ申したな、先生」

「ご家老」

「いや、儂こそ迂闊《うかつ》であったよ」

隼人は気まずそうに微笑んだ。

「貴公が幼き弟子《でし》子《ご》を護らねばならぬお立場というのを、己が稽古に血道を上げていて忘れておったのだ。いい齢をしておりながら至らぬことで、申し訳ない」

「い、いえ」

左内は困惑するばかりだった。

指南を途中で放り出すのは、人を教える立場として恥ずべきことである。弟子に問題があったとすれば是非もなかろうが、塩谷隼人は人格も業前《わざまえ》もまったく申し分のない、むしろ左内が師と仰ぎたくなるほどの出来た人物であった。

その隼人を突き放そうというのは、つくづく慚愧《ざんき》の念に耐えない。

だが、当の隼人はさばさばとしていた。

「我が家中のことで、貴公にご迷惑をかけようとは毛頭思わぬ。これよりはお気兼ねのう、手を引いてくだされ」

「ご家老……」

「世話になり申した。重ねて礼を申しますぞ」

快活な口調でそう告げると、板敷きへ向かって目配せをする。

「失礼いたしまする」

心得た様子で、作左衛門が座敷に入ってきた。

隼人の傍らに座し、懐中から取り出した紙入れを開く。

身分の高い者は自らは財布など持ち歩かず、お付きの者にすべて勘定を任せるのが常である。

どうやら左内に寸志を寄越《よこ》そうというつもりらしい。

こちらから見えぬようにして、二人は紙入れの中を覗いている。

「少ないのぅ」

作左衛門の手を押し止め、隼人は板金をもう一枚つまみ出す。

「されど殿、細谷の妻女にも詫び事をいたさねば……」

「物惜しみをするでない。それとこれは話が別じゃ」

左内には知る由もなかったが、先立って敵方の探索中に室田兵庫の凶刃に斃《たお》された若い藩士の身内のため、塩谷隼人は身銭を切って詫びをするつもりでいたのである。

渋る作左衛門を小声で叱りつけ、隼人は思う通りの額を懐紙に包ませた。

「失礼したの、先生」

当惑したままで膝を揃えている左内に笑顔を向けつつ、隼人は懐紙包みを手ずから差し出す。

「そんな」

左内はかぶりを振った。

「かようなお志《こころざし》、受け取るわけには参りませぬ」

「遠慮するには及ばぬ。さ……」

隼人は躙《にじ》り寄るや、皺だらけの手を伸ばしてくる。

懐紙包みを握らせる手付きは、強引ながらも優しいものだった。

「儂はのう、貴公を微塵も恨《うら》んではおらぬぞ」

恥じ入る左内に、隼人はやんわりと説き聞かせ始めた。

「気を張って生きるは楽ではない。察するに、貴公も同じなのであろう？」

「何故、そのように」

「剣を交えれば自ずと判る。貴公が打ち込みは素振りであれ組太刀であれ、命のやり取りに際して後れを取るまいとする気迫に満ちておる。この儂と同様にの」

「塩谷様……」

「されどな、日比野殿。漢《おとこ》たる者には決着を余人に委ね得ぬこともあるのじゃ。貴公の申し出は有難きことなれど、あれなる慮外者《りよがいもの》の始末は譲れぬものと心得られよ」

「では、御自ら？」

「左様。貴公に鍛えて貰いし業前を以て、見事に討ち果たしてみせようぞ」

隼人は白い歯を見せて笑った。

一方の作左衛門も、穏やかな表情を浮かべている。

何であれ、主人の決めたことに否やは唱えるまい。そう心得ているのである。

「では、失礼仕る」

隼人が腰を上げるや、作左衛門も速やかに後に続く。

左内は無言のまま、深々と頭を下げる。

老主従が立ち去った後も、しばしそのままでいた。

八

そして、翌日。

塩谷隼人の居間に、ぽっと灯火が点《とも》された。

まだ表は暗い。

「朝餉にございますぞ、殿」

「うむ」

作左衛門が運んできた食膳を前にして、隼人は厳《おごそ》かに合掌する。

今朝は粥ではなく、炊きたての飯が盛られていた。

粥腹では力が出ないとする隼人の所望だった。

むろん、作左衛門はしゃもじの加減を心得ている。

碗《わん》によそわれた飯は軽く一膳。ちょうど握り飯ひとつ分といったところである。

「些《いささ》か少ないのう」

「このぐらいでちょうど良いのです」

不平を漏らす隼人に、作左衛門はやんわりした口調で告げる。

「昔、道場の先生が申しておられましたぞ。合戦場のお立ち飯と申さば上杉《うえすぎ》様の例に漏れず、有りったけの米を炊いて喰らうように思われがちなれど、それは重たき具足《ぐそく》を着けての出陣ゆえのこと。素肌で斬り合う前に大飯は禁物との由であります。このように握り飯ひとつばかりが、程よき量かと心得まする」

「謙信《けんしん》公のお立ち飯か……成る程、たしかにそう申されていたのぅ」

懐かしそうに目を細めつつ、隼人は箸《はし》を動かす。

剣術道場では稽古を付けるだけでなく、剣にまつわる逸話《いつわ》を稽古の合間に弟子たちに教えてくれる。隼人と作左衛門が通っていた国許の道場でも、壮年の師範からさまざまな話を聞かせてもらったものだった。

今や、二人はその当時の師範よりも高齢になっている。

にも拘わらず、これから真剣勝負の場に臨まんとしているのだ。

老主従は食事を終えた。

飯碗には、米粒ひとつ残っていない。

味噌汁《みそしる》も余すことなく飲み干した。

高齢の身には芳《かんば》しからざることだが、炭水化物に加えて塩分も適度に摂取しておかなくては五体は十全に動かない。

「参るぞ」

「は」

身支度を整えた主従は、朝靄《あさもや》の漂う表へ出て行く。

皺だらけの二人の横顔に、決然とした色が浮かんでいた。


藩邸を抜け出し、船宿への道を辿る間には何の異変もなかった。

いつもの船頭に漕《こ》ぎ手を頼み、築地の堀を出て大川へと乗り出してゆく。

夜明け前の大川に他の船影はない。

江戸湾ではちょうど漁師たちが忙しく働いている時分のはずだが、荷船や渡し船が動き出すのは、陽が出てからのことであった。

「む……？」

遡上するうちに、後方から一艘《そう》の猪牙が姿を見せた。

深編笠の男が独り、力強く櫓《ろ》を操っている。

「参ったの、慮外者め」

その姿を認めるや、隼人は不敵につぶやく。

「大事ないぞ」

怯え始めた船頭に、すかさず命じることも忘れない。

「手頃な中洲にて我らを下ろし、おぬしは疾《と》く逃げよ。そして日が昇りし後に、藩邸の狩野武兵衛《ぶへえ》にのみ事の次第を知らせるのだ。くれぐれも、他言は無用ぞ」

「へ、へいっ」

中年の船頭は懸命に櫓を押し、隼人の指示通りに船を進めていく。

程なく、中洲が見えてきた。

「あそこでよかろう」

指示を与えつつ、隼人は目釘《めくぎ》の具合を確かめる。

刀は昨夜のうちに手入れをし、荒砥《あらと》で擦って寝刃《ねたば》を合わせてある。

今日ばかりは、浅手を負わせるだけでは事は済むまい。

類い稀《まれ》な強敵なのは、すでに承知の上であった。

国家老の酒井重蔵が雇い入れた室田兵庫は、古流の長剣抜刀術を能《よ》く遣う。

三尺近くの大太刀を制するには、日比野道場で鍛え直した組太刀の呼吸を以《もっ》て全力で立ち向かわなくてはなるまい。

(良くて相打ち、であろうの)

中洲に降り立ったとき、隼人はそう覚悟を決めていた。

たとえ自分が討たれても、最強の用心棒である兵庫を道連れにしてしまえば重蔵は手足をもがれたも同然となろう。

もとより、気弱な質《たち》の男なのだ。

しかし権力への妄執《もうしゅう》ゆえに暴走し、御上（藩主）をも亡き者にせんと企図したからには責めを負ってもらわなくてはなるまい。

自分の亡き後のことは、狩野ら正義派の藩士たちに任せてある。

まさか隼人が自ら決着を付けに罷《まか》り出たとは、誰も考えていないことだろう。

我ながら、無茶な真似だった。

だが、自分がそうしたいと望むからには前へ進むしかない。

(これが儂の引き際ぞ)

隼人の意気は高揚していた。

暗い川面《かわも》を、猪牙がぐんぐん近付いてくる。

室田兵庫は深編笠を外し、精悍《せいかん》な顔に嗜虐《しぎやく》の笑みを浮かべていた。

「見上げたものだの、じじい」

「ほざけ」

嵩《かさ》にかかった呼びかけに、隼人は堂々と応じた。

「うぬが如き若造に、我が主家は危うくさせぬ。この場にて引導を渡してやろうぞ」

「その戯《ざ》れ言《ごと》、そっくり返してやるわ！」

中洲に乗り上げた猪牙から、すっくと兵庫が降り立つ。

と、その横手から突っ込んでくる者がいた。

「作左っ」

いつの間に、隼人の傍らから離れたのだろうか。

金子作左衛門は大上段に振りかぶり、兵庫へ向かって突進していく。

だが、見るからに動きがのろい。

刀の構えも、なっていなかった。

大上段は胴が空いてしまうため、よほど打ち込みの速さに自信を持つ者でなくては意味のない構えとされている。

それに頭の硬い鉢《はち》を狙っても、そう上手く斬れるものではない。

なればこそ実戦では八双の構えが基本とされており、斜めからの斬撃《ざんげき》で首筋や脇《わき》といった急所を狙っていくのが肝要だと隼人も常日頃から教えていたのだが、どうやら完全に、頭に血が上ってしまっているらしい。

「ヤーッ！」

気合いの発声だけは勇ましく、汗を滴らせつつ作左衛門は突き進む。

見返す兵庫に表情はない。

ただ、口元を不快そうに歪めただけだった。

「退《の》いておれ、作左ぁー!!」

声を限りに叫びながら、隼人が駆け寄らんとしたときにはもう遅かった。

朝靄の中に銀光が煌《きら》めき、弱々しい呻き声が上がった。

「娑婆《しゃば》塞《ふさ》ぎめ……」

つぶやく兵庫の足元に、作左衛門が倒れ伏している。

ぴくりとも動かず、砂の上に転がっていた。

明らかに腕の劣る老爺を、この男は何のためらいもなく抜き打ちにしたのだ。

「次はうぬの番ぞ」

兵庫は平然と大太刀を構え直す。

「末吉《すえきち》さんこそ、足は痛みませぬか」

「鍛えた体よ」

老爺は胸を張ってみせる。

どうやら気分も落ち着いてきたらしい。

末吉と名乗った老爺は、昨年まで升屋に奉公していた身だという。

「十八んときからお世話になってたのよ。亡くなった大旦那様に拾われてな……」

末吉は懐かしそうにつぶやいた。

「あの頃の俺ぁ悪たれでなぁ、このへんで騒ぎばっかり起こしてたもんよ」

大八車の一行は浅草広小路に差しかかっていた。

浅草は左内の住まう両国界隈《かいわい》に次ぐ、江戸有数の盛り場であった。

浅草寺《せんそうじ》の門前こそ静かなものだが、雷門《かみなりもん》を潜って仁王門に至るまでの七十余間には両側に小店《こだな》が軒を連ね、観音堂裏手の奥山《おくやま》と呼ばれる一帯には見世物小屋や料理屋がひしめき合っている。大道芸人も多く集まり、参詣《さんけい》かたがた見物に興じる善男善女でいつも賑《にぎ》わっていた。

「威張れたこっちゃねぇが、悪いことならおおよそやり尽くしたもんさね」

「それは若気の至りというものでありましょう」

「お前さん、若えのに悟ったようなことを言いなさるねぇ」

末吉は皺が寄った口の端《は》を綻《ほころ》ばせる。

「ま、もう五十年がとこ前《めえ》のこったがなぁ」

「五十年」

左内は目を丸くした。

自分の齢の倍近い歳月を、この老爺は升屋で更生して過ごしてきたのだ。

「すると、升屋のあるじのことは」

「赤ん坊の頃から存じ上げてらぁな」

末吉は自慢げに微笑んだ。

「俺が奉公したての頃に生まれなすってな……目のぱっちりした、可愛《かわい》らしい赤んぼだったぜ」

前を行く大八車を見やりつつ、老爺は続けて言った。

「時にお前さん、赤んぼのおむつを替えたことはあるかえ」

「いえ。未だ独り身ですのでね」

「あれは根比べだな。今さっき取っ替えたと思ったら、もう濡《ぬ》らしちまってる」

「ほほう」

押し黙ったまま歩を進めていた末吉が、おもむろに口を開いた。

「お前さん、剣術遣いなんだろう?」

「左様《さよう》ですが……」

左内は戸惑いの表情を浮かべた。

末吉は何やら思い詰めているようである。

一体、何を言い出すつもりなのだろうか。

すでに、一行は升屋の菩提寺の近くまで来ていた。

奥山の喧噪《けんそう》も遠く離れた、大川端の閑静な一画である。

雇われ人足たちは大八車を止め、亡骸を一体ずつ寺の中へ運び込み始める。

その様を眺めながら、末吉は再び口を開いた。

「剣術ってえのは、俺の齢になっても身に付くもんかね」

「何と申します?」

「できるのかできねぇのか、そんだけ教えてもらいてぇ」

「それは……」

左内は答えに窮した。

一方の末吉は、ひたと視線を前に向けている。

折しも升屋喜平が寺へ運ばれていくところだった。

恰幅《かっぷく》の良い、堂々たる体軀《たいく》の亡骸だった。

よほど重いと見えて、亡骸を載せた雨戸を持つ人足たちの脚がよろめいている。

あれほどの大兵《だいひょう》が、ひと突きで空《むな》しくされてしまったのだ。

「俺ぁな、若いの。旦那様をあんなにしちまった野郎が許せねぇんだ」

淡々とした口調で、末吉は続けて言った。

「相打ちになっても構わねぇ。俺に一手、技を授けてやっちゃくれめぇか」

「末吉さん、あんた」

「役人なんざ当てにできるかい。俺ぁ何年かかろうが、盗《ぬす》っ人《と》どもを見つけ出して仇《あだ》討《う》ちをしてやるぜぇ」

「む……」

左内は押し黙った。

無謀に過ぎる話である。

昔は武士を相手取ってもいたらしいが、老いさらばえた身で凶悪な盗賊一味と渡り合おうなどとは、とても無理な相談だ。

第一、仇の所在が杳《よう》として知れない。

歓喜の声を上げる末吉に頷《うなず》き返し、左内は言葉を続けた。

「仇を探り出すについても、ひとつ良い思案があります」

「え」

「稽古を済ませた上は、午《ひる》まで毎日お付き合いしましょう」

「お前さん、調べにも手を貸してくれるってのかい？」

「むろん」

信じ難い様子で見返す老爺に、左内は頼もしく告げる。

「探索とは、いたずらに時をかけるばかりが能ではありません。最も早道と思える手を使ってみましょう」

「恩に着るぜぇ、若いの……」

声を震わせつつ、末吉は深々と頭を下げる。

「さっそく明日から始めますので、忘れぬように着替えをお持ちなさい。老若の別を問わず、汗をかいたまま歩き回るのは体に毒ですからね」

感無量の老爺を抱え起こしてやりながら、左内は優しく微笑みかける。

「稽古となれば手加減はしませんよ。構いませぬな？」

「もちろんさね。自前の木刀があるんだが、持ってってもいいかい？」

「よろしいでしょう。何であれ、手慣らしたものが一番でありますからね」

すでに陽は高い。

明るい陽光の下に、新緑の香りが爽《さわ》やかに漂っていた。

三

江戸の夜が更けゆく中、大川を一艘《そう》の屋根船が下っていくのが見える。

陽暦ならば五月中旬に近く、すでに初夏の陽気である。

とはいえ、川開き前に納涼船を漕《こ》ぎ出すことは公儀により禁じられている。

夜陰に紛れて行動しなくてはならない立場に置かれた者以外は、試みるはずもないことであろう。

船上に明かりが点《とも》されていないのも、人目を避けるために違いあるまい。

障子を閉めきった中に、五人の男が座っている。

上座にあぐらをかいていたのは、長身の中年男だった。

力士かと見紛《みまが》うほどに上背があるが、腹が引き締まっている。後世の格闘技選手を思わせる、動ける筋肉の鎧《よろい》をまとった体であった。

関の権造、四十二歳。

凶悪な一味を率いる、名うての盗賊だ。

「つたく、手間のかかるこった」

権造は苛々《いらいら》と爪《つめ》を嚙《か》む。

大男ながら、存外に神経が細かい質《たち》であるらしい。

「これから毎晩、夜っぴいて川の上で金の番をしなくっちゃならねぇとは困ったもんだぜ。いっそのこと、このまんま海まで漕ぎ出しちまいてぇや」

「辛抱しておくんなさい、お頭《かしら》。船番所《ふなばんしょ》の手配が緩《ゆる》くなるまで無茶はいけやせん」

手下の一人が宥《なだ》めるようにして言った。

昨夜の押し込みで升屋から奪い取った金は、すべて船に積み込まれている。

権造一味は半年前から、着々と襲撃の準備を進めてきた。

手頃な船宿を一軒買い取り、隠れ家を兼ねて営業しながらずっと好機を窺《うかが》ってきたのである。

町奉行所も諸々《もろもろ》の禁令の取り締まりには厳しい反面、市中の人別《にんべつ》（戸籍）の管理はいいかげんなものだった。

金さえ積めば店を構え、堅気の町民になりすますのも容易《たやす》い。

それに権造一味は盗みを働くときの逃走に船を用いるのが常であり、手下たちは櫓《ろ》の扱いに慣れている。

町方の同心から目を付けられぬ程度に船宿稼業をこなしつつ、世間を欺《あざむ》くのは実に簡単なことだった。

かくして押し込みは決行され、六千両余の大金が手に入ったのだが、まだ分け合って散り散りになるわけにはいかない。

奉行所は中川《なかがわ》船番所と協力態勢を敷き、大川から支流に出る水域のすべてに監視の網を張っていた。

広い大川を総ざらいするのはさすがに無理な相談だが、出船《でふね》入り船を見張るだけであれば不可能事ではない。

ために権造一味は袋の鼠《ねずみ》となり、手筈《てはず》通りに逃走することができずにいる。

かといって、隠れ家の船宿に引き籠《こ》もったままでいても怪しまれる。

そこで日中は何食わぬ顔で船宿稼業を営み続け、ひとたび陽が沈んで店を閉めた後はこうして屋根船で漕ぎ出し、人目を忍んでいるのだ。

「いつまで続くこってすかねぇ。早えとこ、山吹色を拝みてえや」

別の手下がぼやきを上げる。

「馬鹿野郎！　文句を言いやがると大川へ放り出すぞ」

自分のことは棚に上げ、権造は怒鳴り散らす。

苛々するのなら船宿に残っていればいいのだろうが、そうはいかない。

権造は、手下たちをまったく信用していないのだ。

面と向かっては誰も逆らって来ないが、一味に加わっているのは金のためならば親でも殺しかねない外道《げどう》ばかりである。

どんな対手《あいて》も剛力《ごうりき》で抑え込み、ひと突きで刺し殺してしまう権造を恐れてはいても裏では目を盗んで何をやらかすか、判ったものではない。

金の番を任せたつもりがまんまと持ち逃げされたとあっては、盗っ人仲間から笑いものにされるだけだ。

「お前らは交代で眠っちまいな」

憮然《ぶぜん》と手下たちに告げながら権造は一升徳利《いっしょうどっくり》を傾け、ちょびちょびと酒を注ぐ。

苛立ちまぎれにがぶ呑みしては、眠気を誘われてしまう。それで用心し、少しずつ茶碗《ちゃわん》に注いでは舐《な》めているのだ。

常に小刻みに揺れている船の上にいながら、一滴もこぼしはしない。

揺れに合わせて重心を取っているのだ。

重心は臍《へそ》の下の丹田《たんでん》に気を込めるようにして、呼吸を計ることにより保たれる。ただの剛力自慢ではなく、相当に武術の心得もあると見受けられた。

「おやすみなせぇ、お頭」

「お先に寝かせていただきやす」

漕ぎ手の一人だけを残し、手下たちは畳に寝転がる。

いずれも腹に一物《いちもつ》あるのだろうが、今夜のところは観念したらしい。

程なく、屋根船の中は静かになった。

聞こえてくるのは雑魚《ざこ》寝《ね》した皆の寝息と櫓音、そして大川のさざなみだけである。

権造は無言のままでいた。

船尾で櫓を漕いでいる手下への注意も怠《おこた》ってはいない。

櫓音に絶えず耳を傾けながら、ふと思い出したように茶碗を傾ける。

夜が明けて船宿に引き上げれば、安心して仮眠を取ることもできる。

もしも手下たちが昼日中に金を持ち出そうとすれば、市中に放たれた奉行所の密偵にたちまち見咎《みとが》められてしまうことだろう。

六千両余りの金を人目に立たず、安全に運び出すならば船に勝る手段はない。

されど、手下たちが隠れ蓑《みの》の船宿稼業で日々用いている猪牙《ちょき》に積み込んだとしても重さで傾《かし》いでしまって危なっかしい。何しろ、優に力士一人分の重さはあるのだ。

この屋根船だけが逃走の足だということは、むろん手下たちも承知している。

とはいえ、日中に逃げられる恐れはまずあるまい。

大型の屋根船は、猪牙よりも目立つ。

もしも昼日中から不用意に大川へ漕ぎ出せば、岸からでも人目に立つ。

梅雨《つゆ》明けの川開き後ならばともかく、たちまち止められることだろう。

今は焦ってはならない。

図らずも手下が言っていたように今は辛抱強く、江戸から落ち延びる時が来るのを待つことだ。

たゆたう波音をよそに、権造は目をつぶる。

三年半ぶりの大仕事をやらかした後となれば、さすがに疲労が募っている。

しかし、幾多の修羅場《しゅらば》を経て研《と》ぎ澄まされた五感は些《いささ》かも鈍ってはいなかった。

四

そして翌朝。

「お早うさん！」

末吉は、木戸が開くのを待ちかねて日比野道場の戸を叩《たた》いた。

着替えの風呂敷《ふろしき》包みを、古びた木刀の先にくくり付けて担いでいる。

「こいつのおかげで、俺ぁ若え頃《わけ》から生き延びてきたのよ」

うそぶく通り、末吉の歴戦ぶりを感じさせる一振りであった。

白樫《しらかし》の柄は手垢《てあか》に染まり、黒々と光っている。

元は定寸刀よりも長かったと思しき刀身は、削れて短くなっていた。

かつて升屋に奉公していた頃、ねじ込んでくる無法な直参衆と渡り合うたびに斬り割られたり、打ち込んだときに勢い余って欠いたりしたのだろう。

末吉にとっては長年手慣らしてきた一振りに違いなく、大事にもしているのだろうが、左内に入門するからには心得てもらわねばならない点もある。

「よいですか、末吉さん。そのように荷物をぶら提げて、刀を天秤棒のように扱ってはいけませんよ」

「こいつぁ木刀だぜ？」

「竹刀も木刀も、向後《こうご》は本身に等しきものと思うてください。ここは道場なのです」

「す、すまねぇ」

左内の視線の強さに、思わず末吉はたじろいだ。

「さっそく始めましょう」

道場に案内し、左内は礼法から手ほどきをする。

「今少し顎を引いて。それと小指と薬指を締めて、刀をぐらつかせぬように」

「こ、こうですかい？」

末吉は神妙に真似《まね》をし、神棚に向かって頭を下げる。

いつの間にか、口調まで丁寧なものに改まりつつある。

「お、お願いしやす！」

「どうぞ」

二人は道場の中央で向き合った。

左内も木刀を手にしている。

末吉が持参した愛用の一振りを目にしたときから、これは竹刀を用いずとも大丈夫と踏んだのだ。

剣術をまともに学んできていないとはいえ、末吉は木刀で打ち合うことには十分に慣れている。

今から防具を着けさせて、いちから竹刀の握りを教えるには及ぶまい。

ひとたび身に付いた度胸と勝負勘、そして間合いを見切る感覚は、老いても忘れるものではない。末吉は実戦の場で、腕を磨いてきた身なのだ。

手の内《うち》についても、いちから教え込もうとは思わなかった。

敵よりも早く打ち込み、突くことができるように刀を操作する手の握り、すなわち手の内を錬り上げるためには歳月を要する。

とても半月やそこらで身に付くものではない。

それならば発想を切り替えて、末吉が慣れている実戦流に一層の磨きを掛けさせたほうが良いだろう。そう左内は判じたのだ。

何しろ、真剣を振り回す武士と長年渡り合ってきた男なのである。

「参ります！」

左内は中段の構えから一転し、木刀を振りかぶった。

流れるような動きだった。

「ひっ」

思わず末吉が立ちすくむ。

まだ打ち込まれたわけではない。

喧嘩《けんか》慣れした彼でさえ虚《きょ》を突かれるほどの素早い、無駄のない動きを左内は示したのである。

「ここが覚えどころですよ、末吉さん」

と、左内は木刀を中段に戻した。

もう一度ゆっくりと、説明を交えながら振りかぶる。

「切っ先で突き上げるように……そう、脇を締めて……」

「へ、へい」

末吉は上段の構えを取る。

ぎこちないながらも、左内の所作を写し取っていた。

「そうです」

頷いてやりつつ、左内は再び中段から上段、そして八双《はっそう》に構え直した。

上段から木刀を下ろしていき、右斜めに持って構えたのだ。

右拳《こぶし》はちょうど顎の高さ、左拳は正中線《せいちゆうせん》——体の中心線上に来ている。

「それから構えを変じるときには、両手の握りを緩めてはいけません」

「なぜですかい？」

見よう見真似で構えを真似ながら、末吉が怪訝《けげん》そうに問いかける。果たして木刀の柄に掛けた指は緩み、何本か立ててさえいた。

刹那《せつな》、かぁんと音が鳴った。

「わっ!?」

末吉が尻餅をつく。

突然の左内の打ち込みに、木刀を落とされたのだ。

「こうなるからです」

「なるほど……」

左内が伝授しようとしているのは、敵の攻撃を受け止める心得である。

構えを変えるときにはついつい握りを解き、指を立《た》ててしまいがちだ。

しかし、たとえほんの一瞬であろうとも、いま左内が試したように不意を突かれてはひとたまりもない。

少々荒っぽくはあるが、手加減をした上で左内は打ち込んだのだ。もちろん怪我を負わせぬよう、木刀を打ち落とす位置まで配慮してのことだった。

「まず、小指と薬指は常に締めておくこと」

「さっき、神棚に頭ぁ下げたときとおんなじですかい」

「その通り」

左内は微笑んだ。

また中段の構えに戻り、静かな口調で促す。

「次は私が受けましょう。さ、打ち込んできなさい」

「へい」

頷くや、末吉は木刀を振りかぶった。

手の内こそ雑ではあるが、両の拳をくっつきそうにして握っている。

こうすれば自ずと打ち込む勢いが増し、得物を取り落とすこともないというのを頭ではなく、体で覚えているのだ。

「ヤーッ!!」

末吉が全力で打ち込んできた。

木刀と木刀が打ち合う。

末吉の一撃は、左内の刀身に阻まれていた。

ちょうど中段から上段へ構え直す途中の体勢である。

構えを変じながら刀身の側面を末吉に向け、慌てることなく受け止めていた。

押し戻された末吉は、よろめきながらも踏みとどまる。

汗まみれになった老爺の耳朶《じだ》を、左内の涼やかな声が打った。

「これを受け流しの振りかぶりといいます」

「振りかぶりながら、斬ってくんのを防げるもんなんですかい？」

首をひねる末吉に防御したときの姿を再現して見せつつ、左内は続けて言った。

「私の両拳がどこにあるのか、見てください」

「どっちも顔の真ん前、でござんしょう？」

「両の脇はどうなっておりますか」

「ぴったり締まってやすね」

「そう」

我が意を得たりとばかりに、左内は白い歯を見せた。

「構えを変じるときには、この二つの点を忘れぬこと。さすれば、敵がどの向きから打ち込んで参っても応じられます」

「へい、承知しやした」

「では、今一度……」

左内は穏やかな態度を変えることなく、末吉への指南を続けた。

受け流しの振りかぶり、つまり防御の心得を身に付けさせることを、左内は第一の目標としていた。

高齢の身に強《し》いて腕力を付けさせようとしたり、足腰を鍛えさせようとすれば逆に体が使い物にならなくなってしまいかねない。

敵の攻めを防ぎ切り、隙《すき》を突いて倒す戦法こそ肝要だと左内は考えていた。

それに末吉は齢の割に視力が良く、反射神経も劣えていない。

攻めかかってくる敵の動きを目視で確認し、素早く対処することができる。

だからこそ、仇を討たんと血気に逸《はや》り、がむしゃらに突っ込ませて犬死にさせてしまわぬために徹底して防御の重要性を説き、会得させたい。

「さ、今一度！」

「へいっ！」

熱を込めての指導を続けるうちに、瞬く間に一刻が経った。

「では、本日はここまで」

「もうよろしいんですかい」

「あまり張り切りすぎてはいけません。調べ事もあるのですから……」

物足りぬ様子の末吉を促し、左内は礼を交わす。

神前に礼をして木刀を片付けた後は、道場の床に雑巾《ぞうきん》がけをする番である。

「お安い御用でさ」

末吉は掃除を一人で買って出た。

やや曲がってはいるが、足腰はまだまだ丈夫である。

これならば勝機も得られよう。

いや、何としても得させてやりたい。

高々と尻を立てて雑巾をかける姿を見守りながら、左内はそう願うのであった。

五

陽は中天《ちゅうてん》に上っていた。

数寄屋《すきや》橋を渡り来る、黄八丈に黒羽織を重ねた男の姿が見える。

南町奉行所の定廻同心・桑野半四郎だった。

今日も昂然《こうぜん》と顎を上げ、市中の探索に出て行くところだった。

狙うは関の権造一味、それのみである。

上役の同心支配与力に進言し、他の事件はすべて同僚に押し付けてある。

現場へ一番乗りした自分が全力を挙げて、権造と配下どもをお縄にする。そう約束してきたのだ。

できぬことを公言するような半四郎ではない。

昨日のうちに奉行の根岸肥前守鎮衛《ねぎしひぜんのかみやすもり》を通じて中川船番所へ通達してもらい、川筋の探索も抜かりなく進めている。

ふだんから手柄が多く、奉行にも認められていればこその独断専行であった。

意気はいよいよ盛んである。

「さて、これで俺様も格が上がるってもんさね」

鼻息も荒く、半四郎は大路《おおじ》を突き進む。

同心が与力に昇格することは、まず有り得ない。

しかし、個人として評価されるのは当人の実力次第だった。

定廻同心が出入りするのは市中の商家だけではない。

大身《たいしん》旗本であれ大名であれ、家中で何か事件が起きたときには表沙汰《おもてざた》にするのを好まず、内聞にしてもらうことを望むのが常だった。

そこで頼られるのが、屋敷に出入りする町方の同心である。

そうやって信頼を勝ち得ていれば、折に触れて付け届けをしてもらえる。

半四郎のやる気の源は余禄として、より多く付け届けを得ることだけだった。三十俵二人扶持《ぶち》の俸禄など、家族を食わせるための費《つい》え稼ぎとしか見なしてはいない。

名うての盗賊一味を捕えたとなれば、いよいよ評判は鰻《うなぎ》登りとなるであろう。

「やってやるぜぇ」

半四郎は独り、ほくそ笑む。

実に嫌らしい笑みだった。


しかし誰であれ、慢心すれば自ずと気も緩む。

捕物名人とて例外ではない。

数寄屋橋からずっと尾《つ》けられていることに、半四郎は気付いていなかった。

「いいんですかねぇ、先生」

「これが一番の早道でありましょう」

戸惑い顔でつぶやく末吉に、左内は事も無げに答える。

稽古を終えてすぐ、道場を後にして直行したのだ。

朝餉《あさげ》は左内が支度しておいた握り飯で済ませてきたので、腹拵《ごしら》えは十分だ。

「あの男、使えますよ」

左内には、一向に悪びれている様子がない。

桑野半四郎がどのような同心なのか、左内はあらかじめ稽古の合間に調べを付けていた。

己のことしか考えず、他者を思いやることのできない輩に罪悪感を覚える必要などありはしない。そう見なしていたのであった。

腹黒い奴には違いないが、桑野半四郎は優秀である。

幾日も尾行を続けるうちに、左内と末吉は彼が何処《どこ》に目を付けているのかが次第に分かってきた。

「船……ですかい」

「恐らく、一味は川船の扱いに慣れておるのでしょう」

「そういや、あの同心野郎は中川の御《ご》番所にちょくちょく足を運んでおりやすね」

「探索の首尾を確かめているのですよ。催促されるほうは堪《たま》ったものではないことでありましょうがね」

「違いねぇや。あの野郎、必死になっていやがる」

末吉は苦笑する。

たしかに、半四郎は焦りを見せていた。

ふだんは使わぬ岡っ引きにまで手札《てふだ》をばらまき、探索のために身銭を切って諸方の船宿の調べに走らせている。

漁夫《ぎょふ》の利《り》を得んとする二人にとって、それは好都合なことだった。

半四郎から目を離さずにいれば情報はどんどん入ってくる。

岡っ引きたちから新しい知らせがもたらされるたびに半四郎は自ら赴《おもむ》き、権造一味の手がかりを絞り込んでいったからだ。

左内と末吉は朝のうちに稽古を済ませ、南町奉行所の門前から半四郎を尾行するという日々を飽くことなく重ねた。午後から左内は子どもたちに稽古をつけるため長屋へ戻り、末吉が独りで張り込む。むろん無茶をせぬように釘を刺すことを左内は忘れなかった。

かくして四月も半ばを迎えた頃、ついに一軒の船宿が浮上してきた。

浜町河岸《はまちょうがし》――。

蔵前とは目と鼻の先に、凶賊一味は隠れ家を構えていたのである。

「焦ってはなりませんよ、末吉さん」

「まだ乗り込んじゃいけやせんかい？」

「陽が沈むのを待つのです。仕掛けるのは、それからのこと……」

「でも、捕方が乗り込んできやがったらどうするんです？」

「大丈夫。今日の今日というわけには参りますまい」

左内は逸《はや》る末吉を落ち着かせつつ、そっと船宿の前から離れていく。

ちょうど桑野半四郎は数日間の張り込みを経て、確証を摑んだばかりだった。これから奉行に上申《じょうしん》し、捕物の段取りを整えるとしても数日はかかるはずである。いかに横紙《よこがみ》破りが得意な半四郎でも、当日のうちに乗り込み得るはずはなかった。

しかし、末吉にとっては今夜が最初で最後の機会なのだ。

恩義を受けた一家の、息子とも想っていた升屋喜平の無念を晴らしたい。

孫のような奉公人たちのことも、むろん忘れてはいなかった。

皆の仇を討ち果さずには置くまい。

復讐の一念に燃える老爺のために、左内は愛用の小太刀を貸し与えた。

「立派な脇差《わきざし》だぁ……お借りしてもいいんですかい、先生？」

「ええ。これならば、往来を差して歩いても大事はありません」

そう告げる左内は、中太刀《ちゅうだち》を一本差しにしていこうと決めていた。

敵は、短刀の扱いに手慣れた連中である。

大太刀を振り回して渡り合うのは、分が悪い。

近間《ちかま》へ引き寄せ、一人ずつ確実に仕留めていく。

その上で関の権造なる頭目だけは末吉自身の手で討たせてやりたい。助太刀の分《ぶん》を踏み越えた真似はするまいと、左内は心に決めていた。

六

大川が夕陽に染まる頃、左内は末吉と蔵前で待ち合わせた。

升屋の家屋はあれから早々に処分され、更地《さらち》になってしまっている。

末吉はしばし立ったまま、その場から動けずにいた。

「……参りましょう」

老爺を促し、続いて訪れた先は升屋の菩提寺だった。

ひとしきり祈りを捧げた上で二人は一路、浜町河岸へと向かう。

船宿はそろそろ店じまいをする頃であった。

店の中では、権造が拵えた夕餉を手下たちに振る舞っていた。

「今日も一日《いちんち》ご苦労だったなぁ」

船宿の客に供したお造りの端切《はしき》れを色とりどりに酢飯《すめし》に混ぜ込み、甘辛く煮付けて刻《きざ》んだ干し椎茸《しいたけ》なども散らしてある。

賄《まかな》い飯としては、申し分のない逸品《いっぴん》と言えよう。

「ありがとうございやす、お頭!」

「いつもご馳走《ちそう》さんにございやす」

口ぶりとは裏腹に、どの者も一様に箸《はし》が進んでいない。

腹八分目に抑えた上で、酒もほとんど口にしてはいなかった。

皆、食事中でも膝元に長脇差《ながどす》や短刀を置いている。

むろん、船宿稼業に勤《いそ》しんでいる日中は寸鉄《すんてつ》ひとつ帯びてはいないが、ひとたび陽が沈めば盗賊の本性に戻り、用心をして得物を手放さないのだ。

「ま、残りは船に運ぶとしようや。夜は長いこったしなぁ」

気を悪くした素振りも見せず、権造は台所に立つ。

「ん……?」

樽《たる》の栓《せん》を緩め、船へ持ち込む一升徳利に酒を汲《く》んでいた動きが不意に止まった。

何気なく無双窓《むそうまど》の向こうを見やり、異変に気付いたのだ。

店の正面は船着き場になっている。

金を隠し置いた屋根船には食事の間も手下を一人、張り番に立ててある。

ところが、どうしたことか姿が見えない。

船そのものは無事だが、肝心の手下の姿が何処かに消えてしまっていた。

まさか、大事なお金《たから》を抜き取ろうとしているのだろうか。

「野郎!!」

矢《や》も楯《たて》もたまらず、権造は徳利を放り出す。

「どうしなすったんですかい」

「何だってんです、親分っ」

手下たちが口々に呼びかけるのも構わず、権造は裸足《はだし》のまま土間へ飛び降りた。

と、そのとき。

「おぬしたちの仲間ならば、先に逝《い》って待っておるぞ」

「何だと!?」

「関の権造、年貢の納め時と心得よ」

告げながら腰高障子を引き開けたのは、日比野左内だった。

後に続き、抜き身の小太刀を引っ提げた末吉が入ってくる。

目を据わらせ、居並ぶ盗賊どもを睥睨《へいげい》していた。

「何だ、てめぇら！」

「升屋一家の仇討ちと心得ていただこう。これなる末吉はおぬしたちにより酷《ひど》い目に遭わされし人々の身内に等しき御仁であるぞ」

「吐《ぬ》かしやがれ」

吠《ほ》える権造を、左内は凛とした瞳で見返す。

「日比野左内、義によって助太刀いたす。観念せい」

「うるせぇ！」

奥から出てきた手下が、長脇差を振るって斬りかかる。

刹那、軽やかな金属音が上がった。

左内が中太刀を抜き合わせ、末吉を狙った凶刃を阻んだのだ。

間を置くことなく、白刃《はくじん》が振り下ろされる。

天井の高い土間なればこそ可能な、大きく弧《こ》を描いての袈裟《けさぎ》斬りだった。

「ぐうっ」

斬り伏せられた仲間を踏み越え、二人目が飛びかかってくる。

「てめぇ！」

腰だめに構えた短刀の切っ先を正面に向けている。

しかし、必殺を期した凶刃も左内に届きはしなかった。

上がり框《かまち》へ跳び上がりざまに、末吉が小太刀を振るったのである。

ぶんと音を立てて振り抜いた老爺の一撃は、手下の顔面すれすれに奔《はし》り抜けた。

「わっ!?」

よろめく男の首筋に、ずんと小太刀が打ち込まれる。

末吉は振り抜いた勢いを殺すことなく振りかぶり、斬撃《ざんげき》を見舞ったのだ。

「借りは返したぜぇ、先生」

「うむ」

頷き合いつつ、左内と末吉は部屋に駆け上がる。

残る二人の手下は逃げ腰になっていた。

見れば、権造がいない。

表の船着き場へ走り出て、屋根船を漕ぎ出そうとしていたのである。

ぐずぐずしている閑《ひま》はなかった。

「行《ゆ》け、末吉っ」

一声告げるや、左内は老爺を押しやる。

二人の手下を引き受け、仇の頭目である権造に立ち向かわせようというのだ。

「すまねぇ!」

言うが早いか、末吉はくるりと踵を返す。

斬り付けてきた手下の長脇差を小太刀で受け流し、猛然と表へ走り出ていく。

残った左内は仁王立ちになり、盗賊二人を迎え撃つ。

「てめえ、おたからが目当てかよっ」

「お前らなんぞに渡してたまるか！」

口々に喚《わめ》きながら、盗賊どもは同時に殺到してきた。

迎撃する左内に抜かりはない。

斜《はす》にした刀身で一人目の長脇差を受け流すや、返す刃で二人目を斬り伏せる。

「ぎゃっ!?」

袈裟に斬られた男が断末魔の悲鳴を上げる。

その様を横目で見届けて、左内は残る一人に足払いを喰らわせた。

「ううっ」

板の間に叩き付けられた次の瞬間、ずんと背中から刺し貫かれる。

これまでに無辜《むこ》の人々を数えきれぬほど葬り去ってきたのと同じ、脾腹への一突きを以《もっ》て仕留められたのだ。

左内の顔に、表情はない。外道を誅《ちゅう》するのに憂いを覚える必要などありはしない。

そう思い定めていればこその毅然《きぜん》とした態度であった。

船着き場では、末吉と権造が睨《にら》み合っていた。

「くたばりやがれ、じじいっ」

権造は丸腰でも強気だった。

手下たちの賄いをしていたときのままの、着流しに前掛けを着けた格好である。

その前掛けを外し、くるくると左手に巻き付ける。

「死ねっ」

突きかかった末吉の刃が払われた。

権造は前掛けを防刃《ぼうじん》の備えに変えて、必殺の一撃を阻んだのである。

裂かれた前掛けから糸屑《いとくず》が散る。

しかし、肌身には傷ひとつ負ってはいなかった。

「どうしたい?」

権造は不敵な笑みを浮かべた。

もとより、六尺豊かな巨漢である。

腰の曲がった老爺などに、臆するものではない。

早いところ片付けて、屋根船で逃げ出すことしか権造は考えていなかった。

対する末吉は、皺が寄った顔中に脂汗《あぶらあせ》を浮かべている。

若き日の喧嘩三昧《ざんまい》で鍛えられた勘が、不用意に間合いを詰めるのは危険なことだと教えている。

あの豪腕に抱え込まれれば、そのまま絞め殺されるのが落ちだろう。

そうされるわけにはいかない。

たとえ相打ちになろうとも、仇を討つまでは死ねない身なのだ。

血走った目を前に向けて、老爺は声を限りに叫んだ。

「地獄まで道連れにしてやるぜ、若造っ!!」

「吐かせっ」

権造が一歩、前に出た。

横殴りに、太い豪腕が一閃《いっせん》される。

もはや末吉の小太刀など問題にせず、力任せに打ち倒すつもりなのだ。

「！」

思わず老爺は息を呑む。

刹那、その耳朶を力強い励ましの声が打つ。

「まだ終わっちゃいないぞ！」

それは末吉を奮い立たせるためのみならず、権造の機先を制するべく放たれた左内の一言でもあった。

老爺は小太刀の柄を諸手《もろて》で握り、一直線に突っ込んでいく。

その白髪頭すれすれに、太い腕が行き過ぎる。

同時に、鈍い音が聞こえた。

末吉の首がへし折られたのではない。

権造の分厚い胸板に、小太刀が突き立てられたのだ。

「じじ……い……！」

呻く権造に抱え込まれながらも、末吉は懸命になっていた。

柄を握った十指は意識せずして正確な位置に定まり、しっかり締め込まれている。

白刃がずぶずぶと埋まっていく。

「ぐ……」

堪らずに、権造が白目を剥いた。

太い脚が震えている。

もはや、巨体を支えることができずにいるのだ。

息が止まりそうになりながらも、末吉は柄の握りを緩めようとはしない。

程なく、巨漢の全身から最後の力が抜け落ちた。

「やったな、末吉さん」

「せ……先生……」

「長居は無用ぞ」

ぜいぜいと息を吐《つ》く老爺に手を添えて、左内は小太刀を抜き取る。

権造の巨体は暗い川面《かわも》に放り出された。

近所の人々が騒ぎに気付いたときにはもう、左内は末吉を背負って姿を消した後であった。


「どういうこったい……」

知らせを受けて駆け付けた桑野半四郎は、茫然とするばかりだった。

凶賊一味は船宿の中で皆殺しにされており、関の権造は変わり果てた姿で浜町河岸の棒杭《ぼうくい》に引っかかっていた。

これでは、亡骸の後始末をしに来たようなものである。

捕物名人の評判を高めるどころではない。

すでに騒ぎは対立する北町奉行所にも伝わっており、同心が出張《でば》ってきていた。

どれも半四郎にかつての捕物で幾度となく出し抜かれ、煮え湯を飲まされてきた者ばかりであった。

「残念だったなぁ、桑野さんよ」

「こいつらの亡骸《おろく》は俺たちが貰《もら》っていくぜ。月番だろうとなかろうと、早い者勝ちってのはお前も承知の上だろう？」

北町の同心たちは意気揚々と戸板を用意し、盗賊どもの亡骸を運び去る。恐らくは仲間割れで殺し合ったとでも説明をつけて、手柄にするつもりなのだ。

半四郎が自力で始末したなどと捏造《ねつぞう》することは、もはや不可能だった。

七

かくして仇討ちは終わった。

「世話になったなぁ、若いの」

さばさばした顔で礼を述べつつ、末吉は深々と一礼する。

江戸から去るという老爺を見送りに、左内は日本橋まで来ていた。

夜明け前の橋を渡っていくのは、早立《はやだ》ちの旅人ばかりである。

今から末吉も、その仲間入りをしようとしていた。

「これからどうするのです？」

「どうするかなぁ」

老爺は、つるりと頭を撫《な》でる。

もはや思い残すことは何もない。

そうとでも言いたげな、晴れやかな面持ちだった。

「末吉さん……」

左内は言葉に詰まった。

悲願の仇討ちを成就《じようじゆ》させたことで、老爺は吹っ切れていた。

とはいえ、安堵してそのまま逝ってしまわれては困る。

何のために助太刀をしたのか、分からないではないか。

そんな左内の不安を裏付けるかのように、末吉はぼそりとつぶやいた。

「ま、どのみち幾年も生きられやしねぇこったろうが……」

「早まってはいけませんよ、末吉さんっ」

「安心しねぇ。手前《てめえ》で命を縮めたりなんざ、しやしないよ」

思わず身を乗り出した左内を安心させるかのように、末吉は口元を綻《ほころ》ばせた。

「人ってのは生まれたときも独《ひと》り、死ぬときも独りってのがお決まりだ。だけど俺ぁ、おかげさんでいい思い出がたくさん作れたからなぁ」

まるで遺言のようだが、皺だらけの顔には生気《せいき》が満ちている。

「達者でな」

それだけ言い置き、末吉は歩き出そうとする。

「待ってください」

その背に、左内は呼びかけた。

「人が生きるには、しかるべき備えが必要でありましょう」

告げる左内の手には、末吉から先に受け取った礼金入りの胴巻きがあった。

「気持ちだけいただいておきました。後は、どうかお持ちください」

「そいつぁいけねぇよ」

末吉はかぶりを振った。

「俺ぁよ、散々お前さんに世話になったんだ。ぜんぶ納めてもらわにゃ、とても気が済まねぇやな」

「そう申されますな。これは私からの餞別《せんべつ》です」

押しつけがましい口調ではない。縁あって知り合い、助太刀をするに至った老爺の行く末を、心から案じていればこその一言であった。

「ま、そこまで言われちゃ仕様がねぇか」

末吉は口の端に苦笑を浮かべた。

「俺も男の端くれだ。人様の誠《まこと》ってやつを無にしちゃいけねえだろうぜ」

若かりし頃に戻ったかのような、張りのある言い様《よう》だった。


左内は独り、神田川の畔《ほとり》を往《ゆ》く。すでに夜は明けていた。

今頃、末吉は品川あたりだろうか。

末吉は自分の明日に向かって、意気揚々と日本橋を渡っていった。

もう、幾ばくもない余生なのかもしれない。

それでも命を自ら縮めたりせず、生を全うすると約束してくれた。

仇討ちを助けることにより、一人の老爺を左内は救ったのだ。

しかし、当の左内の行く先は、まだ一向に見えてこない。

父の仇を討つ使命を背負い、実の兄と対決しなくてはならぬ責を背負わされた我が身を正直なところ、持て余してもいる。

されど、左内は今の暮らしを捨て去るわけにはいかない。

小なりとはいえ、自分は道場を構える身である。

今日も幼い門弟たちは稽古を始めるのを待ちかねて、元気に通ってくるだろう。

その期待を裏切るわけにはいくまい。

いつの日か、左内は兄とも巡り合うことになるであろう。

中条流の道場を開いているという噂《うわさ》は、やはり剣の道に生きる身である兄がもしも江戸にやって来れば、必ずや耳に入るはずだった。

そのときこそが、日比野兄弟の正念場だ。

何故に父を空しくしたのか。

父を殺害したのは、真実《まこと》に兄だったのか。

真相を突き止めるまでは、自分は健《すこ》やかに生を保ち続けなくてはならない。

新緑の香りを孕《はら》んだ風を背に受けつつ、日比野左内は歩を進める。

時に文化元年四月。

公儀の命により町場での道場開設が禁じられ、町民への剣術指南が御法度《ごはっと》とされるのはわずか五ヵ月後のことだというのを、この若者はまだ知る由もなかった。

本書は文庫書下ろしです。

|著者| 牧 秀彦　1969年東京生まれ。早稲田大学政治経済学部経済学科卒業。東芝経理部に6年間勤務後、著述業に転職する。光文社文庫「辻番所」シリーズで好評を博し、『巴の破剣』(ベスト時代文庫)、『江都の暗闘者』(双葉文庫)、『影侍』(祥伝社文庫)、『陰流・闇仕置』『陰流・闇始末』『深川素浪人生業帖』(以上、学研M文庫)などのシリーズ作品を多数手がける。連続時代劇アニメーション『幕末機関説 いろはにほへと』(制作＝サンライズ、バンダイビジュアル)では全26話の殺陣・時代考証と小説版(光文社文庫)の執筆を担当した。講談社野間道場にて剣道・居合道を鋭意修行中。現在、全日本剣道連盟(全剣連)居合道五段。

裂帛《れつぱく》　五坪道場一手指南《ごつぼどうじょういつてしなん》

牧《まき》 秀彦《ひでひこ》

講談社文庫

定価はカバーに
表示してあります

2008年5月15日第1刷発行

発行者——野間佐和子
発行所——株式会社 講談社
東京都文京区音羽2-12-21　〒112-8001
電話 出版部 (03) 5395-3510
　　 販売部 (03) 5395-5817
　　 業務部 (03) 5395-3615

Printed in Japan

デザイン—菊地信義
本文データ制作—講談社プリプレス制作部
印刷———豊国印刷株式会社
製本———株式会社上島製本所

落丁本・乱丁本は購入書店名を明記のうえ、小社業務部あてにお送りください。送料は小社負担にてお取替えします。なお、この本の内容についてのお問い合わせは文庫出版部あてにお願いいたします。

ISBN978-4-06-276059-1

講談社文庫刊行の辞

二十一世紀の到来を目睫に望みながら、われわれはいま、人類史上かつて例を見ない巨大な転換期をむかえようとしている。

世界も、日本も、激動の予兆に対する期待とおののきを内に蔵して、未知の時代に歩み入ろうとしている。このときにあたり、創業の人野間清治の「ナショナル・エデュケイター」への志を現代に甦らせようと意図して、われわれはここに古今の文芸作品はいうまでもなく、ひろく人文・社会・自然の諸科学から東西の名著を網羅する、新しい綜合文庫の発刊を決意した。

激動の転換期はまた断絶の時代である。われわれは戦後二十五年間の出版文化のありかたへの深い反省をこめて、この断絶の時代にあえて人間的な持続を求めようとする。いたずらに浮薄な商業主義のあだ花を追い求めることなく、長期にわたって良書に生命をあたえようとつとめるところにしか、今後の出版文化の真の繁栄はあり得ないと信じるからである。

同時にわれわれはこの綜合文庫の刊行を通じて、人文・社会・自然の諸科学が、結局人間の学にほかならないことを立証しようと願っている。かつて知識とは、「汝自身を知る」ことにつきていた。現代社会の瑣末な情報の氾濫のなかから、力強い知識の源泉を掘り起し、技術文明のただなかに、生きた人間の姿を復活させること。それこそわれわれの切なる希求である。

われわれは権威に盲従せず、俗流に媚びることなく、渾然一体となって日本の「草の根」をかたちづくる若く新しい世代の人々に、心をこめてこの新しい綜合文庫をおくり届けたい。それは知識の泉であるとともに感受性のふるさとであり、もっとも有機的に組織され、社会に開かれた万人のための大学をめざしている。大方の支援と協力を衷心より切望してやまない。

一九七一年七月

野間省一

講談社文芸文庫

森敦

酩酊船《よいどれぶね》 森敦初期作品集

解説=富岡幸一郎　年譜=森富子

昭和九年、横光利一の推挽で新聞連載された幻の文壇デビュー作「酩酊船」を中心に、初期作品六篇を精選。独自の創作理論を打ち立てた著者の資質が発揮された冒険作。

978-4-06-290014-0　もA4

花田清輝

復興期の精神

解説=池内紀　年譜=日高昭二

独創的かつ大胆な発想とレトリックを駆使、ダンテ、ダ・ヴィンチ等を通して、滅亡に瀕した文明の再生の秘蹟を探る。戦後の言論界に衝撃を与えた不朽の名著。

978-4-06-290013-3　はB14

戸板康二

思い出す顔 戸板康二メモワール選

解説=犬丸治　年譜=犬丸治

昭和を代表する劇評家戸板康二は身近な芝居、文学、ジャーナリズム等、幅広い世界での見聞をエスプリ溢れる文で描き出した。人と時代へのメモワール二十三篇！

978-4-06-290012-6　とF1

講談社文庫　目録

有吉佐和子　和宮様御留
阿川弘之　七十の手習ひ
阿川弘之　春風落月
阿川弘之　亡き母や
阿刀田高　冷蔵庫より愛をこめて
阿刀田高　ナポレオン狂
阿刀田高　最期のメッセージ
阿刀田高　猫を数えて
阿刀田高　奇妙な昼さがり
阿刀田高　ミステリー主義
阿刀田高　コーヒー党奇談
阿刀田高　新装版 ブラック・ジョーク大全
阿刀田高　新装版 食べられた男
阿刀田高編　ショートショートの広場10
阿刀田高編　ショートショートの広場11
阿刀田高編　ショートショートの広場12
阿刀田高編　ショートショートの広場13
阿刀田高編　ショートショートの広場14
阿刀田高編　ショートショートの広場15
阿刀田高編　ショートショートの広場16
阿刀田高編　ショートショートの広場17
阿刀田高編　ショートショートの広場18
阿刀田高編　ショートショートの広場19
阿刀田高編　ショートショートの広場20
相沢忠洋　「岩宿」の発見〈幻の旧石器を求めて〉
安西篤子　花あざ伝奇
赤川次郎　真夜中のための組曲
赤川次郎　東西南北殺人事件
赤川次郎　起承転結殺人事件
赤川次郎　三姉妹探偵団
赤川次郎　三姉妹探偵団2〈キャンパス篇〉
赤川次郎　三姉妹探偵団3〈珠美・初恋篇〉
赤川次郎　三姉妹探偵団4〈怪奇篇〉
赤川次郎　三姉妹探偵団5〈復讐篇〉
赤川次郎　三姉妹探偵団6〈危機一髪篇〉
赤川次郎　三姉妹探偵団7〈駆け落ち篇〉
赤川次郎　三姉妹探偵団8〈人質篇〉
赤川次郎　三姉妹探偵団9〈青ひげ篇〉
赤川次郎　三姉妹探偵団10〈父恋し篇〉
赤川次郎　死が小径をやってくる〈三姉妹探偵団11〉
赤川次郎　死神のお気に入り〈三姉妹探偵団12〉
赤川次郎　次女と野獣〈三姉妹探偵団13〉
赤川次郎　心地よい悪夢〈三姉妹探偵団14〉
赤川次郎　ふるえて眠れ、三姉妹〈三姉妹探偵団15〉
赤川次郎　三姉妹、呪いの道行〈三姉妹探偵団16〉
赤川次郎　三姉妹、初めてのおつかい〈三姉妹探偵団17〉
赤川次郎　恋の花咲く三姉妹〈三姉妹探偵団18〉
赤川次郎　月もおぼろに三姉妹〈三姉妹探偵団19〉
赤川次郎　三姉妹、ふしぎな旅日記〈三姉妹探偵団20〉
赤川次郎　沈める鐘の殺人
赤川次郎　冠婚葬祭殺人事件
赤川次郎　人畜無害殺人事件
赤川次郎　静かな町の夕暮に
赤川次郎　ぼくが恋した吸血鬼
赤川次郎　秘書室に空席なし
赤川次郎　結婚記念殺人事件
赤川次郎　豪華絢爛殺人事件

2008年3月15日現在